Un instant de grâce

Clémence BOULOUQUE

Un instant de grâce

Flammarion

ISBN : 978-2-0813-7648-9

Pour Aude et Pierre-Emmanuel

« Alice: How long is forever?
White Rabbit: Sometimes, just one second. »

Lewis Carroll, *Alice in Wonderland*

Août 1964, Shelbourne Hotel, Dublin.

— Merci, Mademoiselle. Merci. Dites-lui que je descends. Nous descendons tout de suite.

Un hochement de tête vers son mari, muet.

Le couloir.

Le temps étiré, blanchi, les longues secondes d'ascenseur et leurs parois de silence. Des mots qui s'étiolent aussitôt en syllabes.

Son agitation, ce matin-là, la laissait inerte, parmi des visions qui dansaient comme des brumes de chaleur. Elle se tenait droite. L'ascenseur avait atteint le rez-de-chaussée avec un soubresaut, le plancher de bois craqué sur un ressort.

Pourquoi avait-elle voulu tout cela ? La journée aurait été paisible, à quelques milliers de kilomètres, dans le calme vif de la montagne.

Et soudain, il était là. Joseph Victor Anthony Ruston Hepburn. Les brumes dissipées, un froid était tombé, ses traits étaient précis comme son nom. Il était si peu différent des visions qu'elle avait gardées et qui s'étaient froissées, à force : un papier resté longtemps dans une poche, chiffonné dans des accès d'anxiété, ces années d'absence.

Dans son regard, elle n'avait trouvé qu'une opacité. Il était engoncé dans une vie qui lui barrait le front en rides sèches, et y plaquait cet air obtus. Il était une figure et une charpente épaisses. Un homme qui lui avait donné son nom, et s'en était allé un jour de mai 1935, sans raison.

Il était pétrifié, ne l'embrasserait pas, ne l'enlacerait pas, il avait hoché la tête et levé la main – un de ces gestes par lesquels on saluerait un voisin. Puis il avait arrêté son mouvement.

Alors elle s'était approchée pour l'embrasser. Et s'était retournée pour lui présenter son mari.

Elle avait espéré de ces retrouvailles qu'elles mettent les questions au repos, et qu'elle se sente sauve. Mais le revoir avait désavoué ses rêves, éteint les phrases dites en silence. La désillusion avait pris seulement quelques instants.

— Merci d'être là, était-elle parvenue à articuler.

Il avait eu un mouvement de tête lent, une sorte d'approbation. Il la regardait, et de sa raideur, semblait la détailler comme un fait. Il était de ceux pour qui les êtres sont des constats tout au plus. Et s'ils suscitaient quelques questions, c'était pour hâter le verdict d'une réponse impossible.

Il paraissait incapable de joie incrédule. Il lui aurait fallu pour cela accepter les quelques miracles d'une vie. Elle avait souvent pensé que la plus irréconciliable des différences était là : dans la part que chacun accorde à ce qui le dépasse, cette capacité à consentir à une brève incrédulité – ce bonheur d'avoir douté du bonheur et d'avoir eu tort. Tout se joue en un très bref ralenti : le corps qui sait avant l'intelligence et dans ce décalage passe un filet de chaleur claire. Mais pour que filtre la lumière, il faut la fracture. Et son père semblait être fait d'une pièce, d'un bloc, sombre.

Il s'était mis à l'abri, retranché du monde, dans ses désertions, sa vaine érudition, ses langues rares, ses manuscrits impubliables, ses idéologies putrides et vaincues. Pourtant, il n'était plus question pour elle de faire l'inventaire de ce qui romprait des liens rompus, déjà ou jamais. Tout cela ne pouvait qu'étriquer. Muet, c'était un exercice de complaisance envers soi. À haute voix, de médisance.

Un jour, elle dirait à un journaliste : « Les gens, plus encore que les objets, doivent être restaurés, réhabilités. Il faut leur redonner vie, les faire revenir à soi, et leur pardonner : ne jamais jeter quiconque. »

Elle s'accordait parfois ce privilège lors d'entretiens : des secrets en plein jour, dissimulés en une phrase vague, pour un destinataire précis.

Tous trois avaient les gestes courts et vite figés, les mots qui ne venaient pas, pas plus que le silence. Elle était debout, entre son mari qui n'avait jamais vu ce père, et ce père, dont elle savait si peu. Ils se tenaient raides, tous deux – Mel et Joseph – mais semblaient étrangement recroquevillés. Les gens de grande taille désemparés affichent souvent cet effondrement : leur hauteur se courbe sur elle-même et les transforme en une marionnette que leur montreur a momentanément oubliée.

Les clients, dans le hall de l'hôtel, avaient croisé son regard et lui avaient souri. Elle leur avait répondu d'un hochement de tête, comme elle le faisait toujours à l'endroit de ceux qui lui manifestaient une attention. Et cette fois-ci, c'était aussi pour les remercier d'un soulagement dont ils ne pouvaient se douter : non de l'avoir reconnue elle, mais d'avoir eu cette lueur qui traverse le regard en apercevant quelqu'un ; ils lui avaient donné une joie vive, semblable à un petit fouet d'air dans une atmosphère confinée. Retrouver un visage connu dans une foule. Ils lui avaient rappelé qu'existent ces ancres.

Depuis quelques instants, les images d'une lanterne enchantée devenue folle défilaient devant elle. Ces silhouettes étaient celles de son mari – le roi Arthur, le prince Andreï Bolkonsky, Paul Berthollet et quelques autres personnages qu'il avait incarnés, lui, Mel Ferrer. Ferrer, ce nom sur l'affiche, et leur nom, celui qui était consigné sur son passeport : Ferrer, Audrey. Lui et son mètre quatre-vingt-dix, la souplesse corsetée des danseurs, un blond ténébreux, pris dans des contre-jours. En face, l'homme raide qui s'était tapis pendant des années, son père, qui effaçait ses traces, s'effaçait des registres et qui avait été tant d'autres hommes loin des regards – et n'avait été personne, pour elle, sauf un souvenir suffocant, une présence révoquée sans raison.

Au générique de *Secret People*, le premier film où le nom d'Audrey Hepburn apparaissait en vedette, après ceux de Valentina Cortese et Serge Reggiani, un panneau noir prévenait en lettres blanches :

« Cachée en chacun de nous, il existe une personne secrète, souvent inconnue même à nous-même. La force des circonstances peut nous mener à ce point précis où ce tempérament intérieur prend l'ascendant et change le cours de nos vies. »

Le film datait de 1952. L'époque commençait à exhumer le passé. Ce scénario sur la montée des fascismes, où elle était une danseuse orpheline, piégée avec sa sœur dans des vengeances politiques, l'avait ramenée à ses mois de guerre en Hollande, aux dépouilles qui jonchaient la route, aux figures arrachées. Elle était restée l'enfant qui avait trouvé dans ses traumas les nuances de ce rôle, et ainsi tracé un nouveau cours à sa vie. Thorold Dickinson, le réalisateur de *Secret People*, l'avait compris. C'était lui qui avait fait passer à Audrey quelques mois plus tard les essais pour *Vacances romaines* : la Paramount auditionnait partout dans le monde pour trouver celle dont le studio ferait une vedette. À la fin des lignes qu'elle devait interpréter, il avait laissé tourner la caméra et l'avait interrogée sur ce qu'avait été sa vie durant la guerre en Hollande ; il avait pressenti qu'alors, dans le moindre de ses mots, quelque chose parlerait à travers elle et pour elle – l'humilité d'avoir survécu. En lui rappelant ces années, il réveillerait l'effroi mais aussi cette gratitude d'être en vie – cette gratitude qui l'animait, l'enveloppait et la protégerait toujours.

Son père, lui, ne dévoilerait jamais les fourvoiements de sa jeunesse mais ce pan de mystère qui l'avait soustrait aux autres semblait aussi le dérober à lui-même.

Ils avaient réservé au Shelbourne, le grand hôtel de Dublin où son père s'était assuré de la règle de discrétion intransigeante : aucun journaliste ne pouvait pénétrer dans l'enceinte de l'hôtel.

Audrey n'avait pas eu à le prévenir des assauts des paparazzis ; il n'était qu'à ouvrir quelques journaux pour deviner les intrusions, les droits qu'ils s'octroyaient, y voyant un dû, la contrepartie de leurs hommages, de ces louanges proférées plus que prononcées. La violence de ces superlatifs l'avait mystifiée dès les premiers articles qui lui avaient été consacrés. La plus grande star. *La. Plus. Grande. Star.* Depuis plus de dix ans, depuis *Gigi* et *Vacances romaines*, les excès tombaient dru. Elle sautait de côté, pour les éviter, les regardait s'écraser à terre. Elle remerciait, s'en amusait parfois, et faussait silencieusement compagnie – une trappe s'ouvrait en elle et elle s'absentait, hochant la tête, souriant, toujours. D'une certaine confiance craquelée s'élèvent les plus larges sourires. Elle soupçonnait aussi tous ces articles d'être écrits à l'encre sympathique. Bientôt recouverts par d'autres saisons où lui serait reproché tout ce qu'elle aussi trouvait bien indigent en elle.

Elle savait que le temps adverse viendrait mais n'avait pas soupçonné les mauvais procès. La première de *My Fair Lady* et ses vaines querelles commençaient à agiter les journaux : le tournage du film avait été une épreuve, l'automne de campagne pour les Oscars serait cruel. Il lui fallait au moins apaiser le passé.

Le succès, les inconnus, les sollicitations laissaient le présent et le futur sans répit, les dilataient, et pouvaient murer la mémoire. C'était la tentation d'enfants abîmés. Elle avait noté cette faille, autour d'elle, parmi les aspirants au succès et parmi les exaucés ; ceux qui croyaient en leur amnésie étaient ceux qui, souvent, succombaient à leurs maux. Elle avait refusé qu'il en soit ainsi d'elle.

Dans le hall, quelqu'un avait dû allumer une cigarette – une cigarette anglaise. Celles dont l'odeur s'était confondue avec celle de la liberté, vingt ans auparavant. Elle avait inhalé un peu de cette bouffée, sans savoir d'où elle venait. Personne ne semblait fumer, pourtant. Cette cigarette qu'elle ne voyait pas, qu'elle ne fumait pas, lui avait redonné du courage. Lui étaient revenues les images des troupes britanniques, et du bonheur à Arnhem. La guerre était finie et elle avait survécu. Sa poitrine s'était condensée et réchauffée ; elle avait parcouru ces années en un souffle, en une joie résolue convoquée de toutes ses forces – une joie vive.

Elle avait pris le bras de son père, avait fait quelques pas avec lui.

— Et si nous allions déjeuner ?

Joseph avait courtoisement demandé s'ils n'avaient pas trop malmené, l'un et l'autre, leurs emplois du temps pour y glisser cette visite à Dublin. Tous deux n'avaient pu que se récrier. Ils tentaient toujours d'ajuster leur calendrier à leur famille. Audrey ne se jaugeait pas aux caprices qu'on lui accordait, et ses seules requêtes visaient à abréger les éloignements, quitte à abandonner quelques projets. C'est ainsi que, peu après leur mariage, ils avaient pu tourner tous deux à Paris, elle, *Drôle de frimousse* où elle jouait le rôle d'une existentialiste bondissante, et lui, *Elena et les hommes*, une fantaisie romantique décevante nouée de soubresauts politiques dans la capitale à la fin du XIXe siècle.

Préférant sans doute enfouir son jugement sous une profusion de détails, Mel avait raconté la maigre intrigue de ce film arbitrée par une ambitieuse princesse polonaise en exil qui portait chance aux hommes qu'elle décide d'aimer, puis il avait détourné la conversation vers Audrey.

— Mais la véritable princesse ne vous rappelle personne ? Finalement, ce rôle, dans *Vacances romaines*, ce n'était pas un rôle de composition pour Audrey.

Ses manières étaient un peu trop méticuleuses et les compliments dévalaient vers les platitudes. Le père hochait la tête avec une lenteur sans conviction. Elle avait dû faire irruption, et, dans un rire sans appel :

— La princesse ? Mais bien sûr… « Une jeune fille aux cheveux rongés par les rats, au visage pâle comme la lune. » Voilà le portrait-robot de votre princesse. Signé Cecil Beaton, dans *Vogue*. Juste à la sortie du film. En matière de ruines, il s'y connaît.

Elle ne lui donnait pas tort. Lui, le photographe de Londres en cendres et en ruines pendant la guerre, des bâtiments décharnés et encore fumants quelques heures après les bombardements, l'avait décrite, avec ses traits émaciés et ses asymétries, comme un portrait de Modigliani et une figure de l'époque, dont le physique ne lui aurait pas valu davantage que des rôles de gavroches, avant la guerre. Il lui semblait, à elle la première, que le monde s'était entiché d'une femme qui n'était pas son genre. Il ne manquerait pas, bientôt, de noter ses clavicules en épingle à cheveux, ses épaules pointues lorsqu'une poignée de kilogrammes la quittaient, au hasard de quelques peines, et que ses côtes striaient sa peau en portées obliques. Elle avait fait imploser la beauté et la danse classiques d'un même élan, dans *Drôle de frimousse*, en rythmes syncopés, chorégraphies aux mouvements brisés. Dans une cave de Montmartre, elle dansait comme l'époque, jubilait de briser les gammes et la grammaire qu'elle avait apprise, au cours de ses années de ballerine. Stanley Donen avait insisté pour lui faire casser, par des chaussettes blanches, le sombre de son col roulé et de son pantalon court : au fond de la cave obscure, sans cette tache claire, rien ne se serait détaché des déhanchements, répétés longuement avec Lucien Legrand, le premier danseur et chorégraphe de l'Opéra de Paris. Lui qui conservait son béret au début de l'échauffement, et qui, avec une chemise rentrée dans son pantalon ceinturé en hauteur, son tricot de laine et ses petites lunettes, aurait pu aussi bien enseigner la philosophie ou endosser un tablier gris d'épicier. Comme le film, il ressemblait à ce que le monde voulait voir de la France – divisée entre grincheux à béret et philosophes existentialistes. Le scénario moquait du même trait la rédactrice en chef d'un journal féminin américain venue à Paris pour en faire le décor de ses pages mode, accompagnée d'un photographe narquois et d'une jeune femme, Jo, petit ver à livre, consentant à être le mannequin d'un voyage, sans autre motif que de découvrir Paris et d'y rencontrer son maître à penser, quitte à oublier ses obligations de modèle et disparaître avant un défilé. Le photographe lancé à sa recherche retrouvait Jo dans cette cave enfumée de philosophes, la regardait se révolter contre ce sort qu'elle avait pourtant choisi : « Eh bien je vais m'exprimer maintenant… J'ai bien besoin d'un exutoire » – elle le faisait en pantin, avec ses bras giratoires, et figés en L, sans cesse désaxée de son corps et se jouant du déséquilibre, battant le sol de ses semelles. Elle entamait le numéro en se plaquant une main sur la joue opposée, la deuxième passant au-dessus de sa tête comme si elle appartenait à un autre, comme pour la forcer à regarder dans la bonne direction. Cette chorégraphie folle était son autoportrait, elle avait depuis longtemps eu la danse en exutoire, la danse l'avait sauvée, comme la joie, ce rire sans son et souvent sans motif. Toutes deux lui apportaient une maîtrise ivre. La bouche aux lèvres compressées ou grande ouverte, annonçant ou accompagnant une malice, elle se transformait en une marionnette qui parvient à entortiller son fil à plomb et son montreur, ou son auditoire. Bras en V, puis petite boule, bras en T, ligne interrompue par des mains fléchies, poignets cassés. Comme un diablotin dans une boîte, une figure jaillissante. Bras au ciel, puis en V encore, une victoire inarticulée – toujours cela de pris, cela et presque rien, les poings qui s'ouvrent et se referment qui attrapent l'air, comme si elle voulait le chaparder.

Un jour, il lui était apparu que, dans chacun de ses rôles, elle avait toujours volé, maraudé : elle était celle qui subtilisait une journée au protocole princier dans *Vacances romaines*, l'héritier qui ne lui était pas destiné dans *Sabrina*, le cœur d'un séducteur dans *Ariane*, et des babioles dans *Diamants sur canapé* – des larcins commis pour leur petit frisson, ou pour le bonheur de faire les poches de quelqu'un qui ne l'ignore pas tout à fait. Une filouterie, la danse, un rire étaient de la même texture que la joie : une force inarticulée capable de condenser un monde épars.

Au cours de sa chorégraphie bohème, elle s'appuyait sur le sommet du piano et avec le plat de la main enfonçait des touches au hasard puis sautait plus loin – la cacophonie ne comptait pas, cette gaieté prenait l'harmonie de vitesse et tombait forcément juste. C'était celle des sorties au point du jour, aux gorges râpées, aux yeux mi-clos par les conversations et les fumées de cigarette, qui cillent sous la fraîcheur. Les peaux étaient encore rugueuses des ersatz de la guerre, les vêtements demeuraient rêches aussi. Le soyeux aurait été surfait, et personne n'y aspirait vraiment. Même la brise était brusque, l'exultation de rigueur. Tout vous empoignait.

La danse lui avait enseigné davantage que des sautillements – elle lui avait appris à se rétracter avant de se tendre de toutes ses forces et de rayonner. Elle était persuadée que le bonheur se laissait mieux saisir avec une technique, comme ces heures à la barre pour parvenir aux grands jetés : des gammes à répéter, ces millimètres gagnés par des fibres contractées, un muscle à entraîner et un exercice de volonté. Presque une revanche sur la gravité, un ricanement sans grincement.

Ces leçons étaient évidemment vaines, lorsque le monde se fracassait et lorsque la mort était trop proche. Mais hors des parenthèses de survie, ce vertige que ne soupçonneraient jamais ceux dont l'existence avait été toujours abritée et n'avait d'autre cours que celui qu'ils voulaient lui donner, il n'y avait pas d'excuse ; elle ne s'en donnerait pas, elle fondrait sur la joie, quitte à déraper s'il le fallait. Parmi toutes les scènes de *Vacances romaines*, elle avait aimé de toutes ses forces celle à la Vespa dont la princesse Ann s'emparait sans savoir conduire, menaçait de renverser tout sur son passage et filait dans un éclat de vent, et dans une ville encore sans voiture.

À Rome, cet été-là, le seul embouteillage avait été causé par le tournage lui-même. Sur la suggestion de la princesse Ruspoli qui leur avait assuré que leur cachet serait versé à une œuvre caritative, les figurantes de la noblesse romaine s'étaient présentées au studio accompagnées de leur chauffeur. Une fois introduites sur le plateau, connaissant mieux que quiconque le protocole, elles avaient défilé pour présenter leurs hommages à la jeune héritière du trône d'un pays inconnu, ignorant splendidement les caméras dans cette scène où la princesse joue avec sa chaussure, la défait et la perd, se contorsionne en conservant une contenance marmoréenne dans l'ennui des solennités. Le spectacle des limousines et des dames de compagnie à la sortie du studio avait été une note supplémentaire de sage euphorie dans ce tournage caniculaire. Parmi ces femmes, elle avait retrouvé une présence distante qui lui rappelait sa famille maternelle – une supériorité tacite, impérieuse et désuète, parfois même désarmante, qu'elle ne savait comment s'expliquer sinon par la conscience de responsabilités et du devoir qui hantent ou de leur souvenir, un maintien qu'elle pouvait reconnaître entre mille et qui n'était pourtant pas la raideur de son père, juste empesée de soi, bourgeoise.

La naissance d'Audrey était peut-être le fruit de ces ports contraires, des proximités qui n'avaient pu advenir que dans le lointain des colonies, des aspirations de Joseph à la noblesse, de l'ambition mêlée d'ennui ou d'hallucinations tropicales – services de porcelaine, verres de brandy abandonnés auprès de sièges de rotin, et clairs de lune derrière des moustiquaires.

Sa mère, la baronne Ella van Heemstra, avait pris résidence aux Indes orientales. Née avec le siècle et mariée à vingt ans, elle vivait à Java avec son premier mari et leurs deux jeunes garçons. Rapidement s'était installée la mésentente avec Hendrik Gustaaf Adolf Quarles van Ufford, chevalier de Nassau et d'Orange, homme d'affaires, son pair en aristocratie – leur union aurait duré cinq ans.

Joseph Ruston lui aussi allait conclure son premier mariage d'un divorce. À la faveur d'une brève incursion dans le corps diplomatique, la fin de la Première Guerre mondiale l'avait trouvé en poste à Samarang, où il était resté. Citoyen britannique, né en Bohême d'un père anglais et d'une mère allemande, il avait pris, pour précédente épouse, une héritière néerlandaise. D'évidence, Ella van Heemstra lui siérait mieux : une aristocrate de onze ans sa cadette qui avait préféré l'opprobre d'un divorce à une façade mensongère et aux amants qui s'y faufileraient, lui semblait à son image, tout comme la charge de van Heemstra au Surinam, leur lignée, et peut-être des biens plus nombreux qu'elle ne consentait à le dévoiler.

Malgré ses nombreux essais historiques et philologiques, quelque chose en lui demeurait vain. Ses volumes aspiraient à la science, la singeaient, accumulaient les précisions pour parvenir à des résultats indigestes, à des conclusions qui faisaient du surplace, ou coulaient à pic. Il lestait le monde en croyant l'expliquer, et faisait les cent pas sur l'automne 1926, les révoltes de novembre dans la colonie : il retournerait toujours à son obsession, ce comptoir hollandais bientôt émancipé et à cette haine du communisme, des rouges et d'autres parasites.

Il avait ainsi pris la précarité de la situation politique pour prétexte de son oisiveté. Que construire dans un pays si instable ? Sa charge de vice-consul honoraire de Samarang avait été suivie d'emplois vagues dans une société anglo-française de crédit immobilier. Son but n'était peut-être que de poursuivre cette existence indue dans les ivoires et les dorures de la résidence de sa belle-famille pour ensuite migrer au Surinam dont le père de sa femme était gouverneur. Mais il ne pourrait jamais endosser cet habit de baron dont le titre ne figurerait pas dans la communauté de biens, et ne saurait lui être octroyé – il ne serait jamais que l'époux de la baronne Ella van Heemstra, allait-il découvrir, et resterait à Java, dans ce paysage touffu de forêt exotique.

Sa hauteur affichée, son agitation sédentaire et ses illusions de grandeur devaient être un syndrome tropical. Les saisons sèches ou de pluies, de chaleurs abrutissantes, aplanissaient les nuances, sapaient les élans, Ella avait décidé qu'ils retourneraient en Europe et s'arrêteraient à Londres afin qu'elle lui présente des connaissances de la famille susceptibles de l'associer à leurs entreprises. Ils y étaient arrivés peu avant Noël. Inutile de presser ses interlocuteurs ou de hâter les recherches lorsque les réceptions de fin d'année et les conversations politiques entre hommes, retranchés dans les boiseries des bibliothèques et dans les digestifs, occupaient les esprits en les vidant.

Joseph Ruston, élégant et détaché, avait le pli des yeux qui réduit le regard à une visière, qui rétrécit l'univers, tente de rendre le flou net, condense ces formes qu'un défaut d'accommodation dilue. Audrey avait souvent noté cette expression sur le visage de myopes que leurs pupilles faibles rendent plus hésitants et dont elles arrondissent les gestes. Mais il avait, lui, un tranchant séduisant, la moustache fine et l'air altier de ceux qui semblent aimer les défis, ses idées politiques soulignaient son goût de l'ordre et de la vitesse.

L'anticommunisme deviendrait son titre de noblesse : devoir historique, charge morale, rectitude, et l'inspiration de ses harangues.

— Les communistes et la pègre. Mais qui parle de ces alliances souterraines ? Qui ose dévoiler le véritable visage des véritables criminels ? Le danger est là, uniquement là. Ils veulent nous asservir. Et tous les idéalistes d'opérette se repaissent de cette égalité qui occulte la médiocrité. Je l'ai vu, de mes yeux vu, à Batavia.

Jamais il ne dirait Jakarta – jamais il n'ajusterait son monde à celui qui l'entourait. Son esprit entreposait des revues de presse jaunies – la révolte contre les colonies, la banque assiégée, les bolcheviks, toujours. Les pensées de Joseph étaient en gros titres et ses mots, épais – des plombs d'imprimerie. Mais ses idées étaient virales : il avait convaincu et prendrait la tête d'une filiale de courtage d'assurance à Bruxelles, où il installerait sa famille et où naîtrait sa fille, en 1929.

En Europe, il avait commencé à jauger le patrimoine de sa belle-famille, envisagé ses estimations à la baisse, entrevu d'autres destins et allégué de ses voyages d'affaires pour s'absenter. Il était finalement de cette race d'hommes sans âge, ceux que l'on appelait aventuriers, en un mélange de réprobation et de docilité envers ce qu'ils affichaient d'eux ; des hommes qui ne découvriraient jamais grand-chose, mais pour qui l'aventure consistait seulement à rompre les amarres, saccager quelques vies au passage de la leur, pilleurs de chances flanquées par-dessus bord moins pour la beauté du geste qu'en croyant ainsi, plus loin, trouver des opportunités plus flamboyantes, d'autres fortunes.

Audrey avait entendu, enfant, ces charges portées contre lui, ces accusations contre l'aventurier. Elle avait happé des conversations où certains noms, certaines allusions étaient susurrés. Dans une famille aux façons victoriennes, on ne parade pas d'être abandonné ou souffrant – on éteint la voix, même pour jeter ses griefs. Elle avait recousu ces phrases, pour reconstituer les années autour de sa naissance, les entrebâiller, comprendre l'instant où tout avait commencé à se déchausser. En espionnant de la sorte, il lui serait possible d'assembler les preuves, de se convaincre qu'elle n'était pas coupable de son départ, mais cela n'avait pas suffi. Une voix en elle murmurait qu'elle avait été responsable, sans doute, faute d'avoir été une enfant que l'on aurait chérie, une enfant limpide. Elle n'avait rien compris à cet abandon. Alors elle s'était transformée en une plaque de cire, tout s'imprimait, elle scrutait maladivement les êtres – elle avait avoué, au début de son mariage, prendre le moindre frémissement de lèvres pour une exaspération, l'imminence du moment où Mel disparaîtrait. Ou lui signifierait son congé. Tout la faisait tressauter. Se rendre digne d'amour était devenu son obsession, une intranquillité, un codex à trouver. À défaut, le décor s'effaçait et tout gigotait, avant de fondre au blanc.

Les serveurs semblaient lointains, même lorsqu'ils s'approchaient, effleuraient la table autour de laquelle un bourdonnement s'était installé : c'était le silence tendu en contrepoint de conversations qui parlent de bien davantage que d'elles-mêmes. Un hémisphère du cerveau s'agrippait aux propos échangés et l'autre, tourné vers tout ce qu'ils risquaient d'éluder, menait un monologue parallèle. Cherchait-il, en lui parlant, les traits de la petite fille, celle dont la timidité explosait en des joies déraisonnables, et qui lui demeurait une énigme, un petit singe mystérieux ? « Monkey Puzzle » était le surnom qu'il lui avait donné pendant ces premières années. C'était ainsi. Elle était son sang, mais inexplicable. Depuis qu'elle avait retrouvé sa trace, c'était d'Audrey ou des initiales de ce Monkey Puzzle, MP, qu'elle signerait ses lettres, des initiales qui n'appartenaient qu'à eux, le mot de passe de leur société secrète et désertée : de l'enfance qui aurait pu être insouciante. Serait-il resté, aurait-il voulu mieux protéger sa fille s'il avait pressenti qu'elle deviendrait la femme qu'il avait en face de lui ? Si elle avait été une enfant sans énigme, au lieu de cette marelle d'humeurs contraires, d'épanchements et de solitude ? Se souvenait-il, même, des raisons pour lesquelles il avait voulu tout oublier, se séparer de tout ? En était-il venu à éviter sa propre mémoire, le souvenir de ce qui l'avait persuadé de ne jamais revenir ?

Imaginer qu'il se pose de telles questions était un reflet de ses propres souhaits, et elle le savait. Dans les frictions, les abandons, les amours avortés, les interrogations offraient toujours un bref réconfort : parmi tous les scénarios visités pour trouver un sens aux comportements cryptiques, il y en avait toujours un qui vous aurait fait un peu de place. Les interrogations permettaient de s'arrêter sur quelques-unes des hypothèses qui vous abîment le moins – qui vous rendent moins superflu.

Il n'était pas un aventurier mais un déserteur et avait imposé cette présence des portés disparus, qui dicte les veilles et les sommeils et les routes scrutées où s'enraye même l'attente. Il avait condamné des poupées à rester sans vie, dans la chambre d'une petite fille qui n'aurait eu rien d'autre à imiter, à leur faire jouer, que des parents désunis, des mots emportés, indiscernables, agglutinés derrière des portes épaisses, l'angoisse des éclats de voix et puis plus rien, le silence obscur.

Elle n'avait pas compris comment il avait pu ne jamais revenir, comment on murait ainsi une vie ? En combien de temps la mémoire d'un père qui abandonne les siens devient-elle un terrain vague ?

Son regard lui échappait : le regard d'une enfant qui ne demande rien mais qui échoue sur un objet, un point, qui trouve le secours de cet objet ou d'un mur pour son désarroi. Elle était parcourue de cette peine étrange d'être témoin de la détresse d'aînés. Elle avait devant elle la peau bosselée d'un visage à la fois creusé et bouffi de larmes, les sanglots ininterrompus d'une mère incapable de se cacher, dont les pleurs engloutissent les dernières forces, et dont l'épuisement trompe mal la honte d'offrir ce spectacle. Les heures calmes du jour naissant, de la nuit dont elle se réveillait à blanc, étaient vite embouties : le désespoir en faisait tout d'une opiomane en rechute, après avoir rassemblé juste un peu de forces pour croire s'en sortir, tout juste assez pour les voir l'abandonner. Et la petite fille, qui regardait sa mère ne pas la voir, ne pas oser croiser son regard, ou brièvement, trop honteux. Elle avait été effacée par son père. Effacée par la douleur de sa mère. Et le froid s'insinuait sous la peau.

L'autre froid, dans le pensionnat du Kent où elle avait été envoyée, lui parcourait le cou : l'oreiller se trempait de larmes, et ses cheveux étaient toujours mouillés et emmêlés au matin. Enfant trop ronde et sans amie, pétrifiée par les disputes, elle était si timide que sa mère lui avait infligé, à cinq ans, une violente thérapie en la confiant à cet établissement des six sœurs Rigden, un nom de comptine, dans une petite ville anglaise au nom de sanglot, Elham, à des dizaines de miles de Londres et des centaines de kilomètres de sa famille. Laissée parmi des petites filles alors qu'elle ne connaissait que la compagnie des garçons, ses demi-frères, leurs bourrades franches et non les nattes tirées par-derrière. Tout lui semblait hors d'atteinte ; leur amitié et les sons dont elles formaient des mots, tandis que sa bouche était lourde, pleine de cailloux, qu'elle râpait les consonnes, aplatissait les voyelles, laissait échapper des bribes de néerlandais, et pleurait en s'endormant.

Audrey se demandais parfois si les voix ne consignent pas vos toutes premières intonations et vos émotions. Son phrasé anglais resterait un peu singulier ; des syllabes d'abord traînantes qui s'enlevaient en fin de phrase à la manière d'une requête d'enfant : sa voix, avait noté Cecil Beaton, a la qualité d'un cœur brisé.

Le départ pour la pension en Angleterre avait coïncidé avec l'abandon de son père, qu'elle savait retourné à Londres. Il vivait à cinquante miles de son pensionnat, et lui avait consacré tout au plus quelques pauvres heures depuis qu'il avait quitté le foyer ; il avait réclamé au moment du divorce un droit de visite dont il avait fait un si malingre usage qu'il semblait s'y être attaché pour maintenir les apparences, son rôle, de convenance, à moins qu'il ne se soit menti à lui-même – mais quelle différence ? Les autres pensionnaires recevaient des visites et sortaient avec leur famille ou leurs correspondantes ; les apparitions de sa mère étaient de sporadiques déferlantes – elle prenait résidence dans une maison du village, emmenait sa fille voir des spectacles dans la capitale, et avait orchestré pour ses neuf ans une fête d'anniversaire presque intimidante où elle avait invité toute la classe.

Audrey trouvait son seul réconfort dans ses leçons de danse hebdomadaires données par une jeune ballerine qui venait de Londres pour la journée. La petite fille franchissait le seuil de la pension pour répéter à la barre les attitudes et les enchaînements qui, toute la semaine, lui tenaient compagnie. Elle collectionnait les gestes, la mémoire des mouvements, le délié d'une main et elle regardait chacun emplir l'espace, les corps étaient des rythmes, et tout lui semblait une chorégraphie. Elle aimait les esquisser, les jetait sur le papier, comme d'autres de ses dessins qui lui tiendraient compagnie pendant la guerre – quelques traits au feutre noir et des à-plats de couleur, des croquis de moments heureux. Elle ne détachait pas avec netteté les pourtours des corps ; de toute façon, les contours des êtres se perdaient souvent dans la distance, dans les lumières trop vives ou trop pâles.

Près de trente années la séparaient de ces images en bribes. Joseph était en face d'elle et elle cherchait les ressemblances et les reflets, l'interstice entre ses expressions et celles qu'elle avait retenues. Comme les hommes d'un certain âge, il portait des vêtements chauds en toute saison – un costume en tweed beige foncé et fatigué, un pull bleu ciel en V, un foulard saumoné et une pochette pâle. Elle se souvenait du jour où, pour la première fois, elle avait pensé ne plus être sûre de le reconnaître si elle le croisait. Et une coulée de peine l'avait emportée : douter même des traits de son père était l'ultime preuve de l'étranger qu'il était devenu, ou qu'il avait toujours été. Elle l'aurait reconnu : son front était haut, ses cheveux dégarnis, la moustache identique, insensiblement plus claire ou allongée.

Il était à peine différent de cette photographie prise à Linkebeek, juste après une averse, près de leur maison des faubourgs de Bruxelles, lorsqu'ils étaient encore une famille, en 1933 – une image dont elle s'était hypnotisée en croyant qu'elle finirait par y déceler les intentions de son père, qu'un indice était sous ses yeux ou dans les siens. Il lui donnait une main et tenait l'autre dans la poche de son pantalon de tissu épais et marron clair, un gilet de costume assorti et une veste un peu plus foncée, une pipe à la bouche, flegmatique ou détaché. Elle lui arrivait à hauteur de hanches, se tenait droite, déjà grande, dans son petit manteau court et clair ouvert sur sa robe à col blanc, portait de hautes chaussettes blanches et des chaussures noires à boucle. Tous deux fixaient l'objectif, mais la mise au point avait dû être faite sur la petite fille qui souriait car le visage de Joseph était un peu flou, déjà.

À présent, elle s'arrêtait sur ses paupières épaissies et le menton froissé qui adoucissaient le carré de son visage. Lorsque la peau était tendue et plus fine, lorsque les gestes étaient plus rasants, était-il seulement une masse de dureté ? En Belgique, où il avait rejoint les rexistes, puis en Angleterre, dans les rangs des fascistes admirateurs d'Hitler, avait-il aussi la furie matte des nazis ? Pouvait-il ignorer que ses allégeances préparaient leurs membres à tout, et creusaient les charniers ? Le sportif élégant voulait-il achever sa course et sa mue en membre des sections d'assaut ? En mai 1935, le couple Ruston-van Heemstra avait fait un voyage en Allemagne, aux côtés des dignitaires du parti fasciste britannique, et une photo avait saisi la rencontre avec Hitler et l'une des visiteuses anglaises, une des lèpres aristocrates, Unity Mitford, perdue dans une fratrie moins vile ; elle était une mondaine désireuse de choquer, faute d'avoir le talent ou le physique pour y parvenir. Son aînée, Diana, muse de leur entourage vicié, idolâtrée pour sa ressemblance avec la Vénus de Botticelli, venait de quitter son mari pour Oswald Mosley, le leader du parti fasciste. Les deux sœurs avaient été mises au ban par leur père, pourtant fils d'un admirateur de théories raciales. Nazis et fascistes tendaient à certaines aristocrates un miroir dans lequel se pâmer.

La morgue avec laquelle ces brutes se proclamaient demi-dieu et se hissaient à des noblesses indues semblait au baron van Heemstra typique de son gendre arriviste. Il méprisait cet être suffisant qui s'était entiché de généalogie pour démontrer son aristocratie oubliée, et avait accolé à son nom de Ruston celui de Hepburn alléguant une parenté avec James Hepburn, comte de Bothwell et quatrième époux de Mary, reine d'Écosse – mais cet ancêtre-là n'était qu'un homonyme. La politique faisait imploser les familles ou servait de prétexte.

Quelques semaines plus tard, Joseph avait abandonné le domicile conjugal.

Était-ce une myopie commode, susceptible de sauver son couple en lui donnant l'illusion d'être unis par une cause faute d'un amour, qui avait conduit sa femme à embrasser son credo et à publier *L'Appel du fascisme* ? Pourquoi ces lignes thuriféraires dans *Blackshirt*, l'hebdomadaire du parti fasciste anglais, le 26 avril 1935, pour en décrire son chef, Mosley : « Ses yeux ne sont pas fixés sur les choses du monde mais vers celles dont l'inspiration est élevée et dont l'idéalisme emportera la Grande-Bretagne vers l'éclat radieux de l'aube nouvelle d'une renaissance spirituelle. » Briser l'esclavage, cheminer vers le salut… À quel moment avait-elle compris son ridicule et rejeté les inclinations de son mari ? Ou n'était-ce que la tentative de Joseph de détourner les biens des van Heemstra vers des groupuscules nazis qui avait sonné le glas du mariage ? Était-ce la reine Wilhelmina elle-même qui avait signifié au baron van Heemstra d'écarter ce gendre embarrassant, mélangeant de surcroît les cultures aryennes et leurs alcools ? Mais alors pourquoi Ella était-elle retournée en Allemagne l'été suivant et pourquoi ce nouvel article en octobre où elle ne trouvait qu'à louer la merveilleuse forme physique de chaque homme et de chaque femme croisés dans la rue et, selon ses propres mots, « l'atmosphère rafraîchissante autour de soi, la liberté absolue, loin de toute forme de tension mentale ou de dépression ? Adolf Hitler peut bien être fier de la renaissance de ce grand pays ». La mère d'Audrey devait être fascinée par ces corps pleins de santé, semblable à celle qui exsudait de Joseph sur les photos de ski en 1927, avec des petites lunettes qui lui donnaient, de surcroît, l'air d'un aviateur. Comme celles de Ruston, les croyances de sa mère étaient apocalyptiques et confuses. Dans un de ses transports d'érudition prétentieuse et erronée, Joseph avait commis un livre : un traité sur les Celtes en ancêtres des fascistes, peuple aristocrate, sans mélange, rassemblés sous leur insigne, leur croix, flambeau de l'Europe. Tous deux étaient aux couleurs du temps, des corps sains dans des esprits putrides.

Si elle ne mettait pas de scellés sur ses parents – ou au moins sur leur part abjecte, elle ne pourrait pas vivre. Elle ne pouvait rien effacer, mais réparerait sans clameur, se rebellerait ainsi, autrement, en contre-exemples, qui parleraient pour elle.

Tous deux semblaient avoir le même goût des discours et des convictions qui singeaient l'absolu et le dépassement de soi.

Ella avait embrassé le scientisme pour qui la maladie n'existait pas. Les afflictions n'étaient que le symptôme d'insuffisantes prières, et de la mauvaise foi des médecins : seul existait le péché et ses valets, ceux qui faisaient écran à la vérité. Les croyances obstinées d'Ella avaient failli coûter la vie à sa fille mais elle prétendait avoir sauvé Audrey nouveau-né, congestionnée de bronchite et incapable de respirer, devenue violette, par des claques sur les fesses et des adresses à Dieu. Ses convictions scientistes épousaient en fait son éducation victorienne : ne pas s'écouter, ne pas s'épandre.

— Ton petit toi n'est pas intéressant, répétait-elle à sa fille.

Convaincue que son existence était de peu d'intérêt, Audrey avait plus aisément pris le voile d'autres vies, et elle notait l'ironie d'être désormais assommée de questions sur sa propre existence. Elle avait eu tant à cacher et, longtemps, n'avait rien glissé sur son père absent ; mais elle savait aussi que les peines secrètes, une fois dévoilées, continuent à creuser un sillon plus fin mais peut-être même plus profond, pour se venger d'avoir été dites. Pour faire comprendre que le cœur ne se laissera jamais consoler, une détresse singulière survenait après ces aveux, corrosive, comme la culpabilité de s'être laissé aller à des complicités superficielles.

Depuis qu'ils étaient mariés, Mel tenait à préparer avec elle les réponses aux quelques questions inévitables et ceux qui l'accusaient de brider ainsi sa femme haussaient les épaules en l'entendant jurer que la spontanéité des interviews importait moins que de congédier les angoisses d'Audrey.

Il lui semblait que son regard pulsait comme un cœur en arythmie : la salle du restaurant se rétrécissait et se dilatait, tous les contours perdaient leur fixité. Tout lui échappait. Et tandis qu'une vague de honte familière face aux engagements de ses parents la parcourait à nouveau, et qu'il lui paraissait lutter à poings nus contre cette indignité, elle laissait la parole à Mel, qui racontait à Joseph leur fils et ses mots d'enfant de quatre ans. Elle était revenue dans la conversation en ponctuant ses propos d'anecdotes menues, veillant à ne pas se transformer en chroniqueuse fastidieuse de sa progéniture ou en brandisseuse de photographies devant lesquelles seule la politesse retient les yeux d'aller voleter ailleurs. Sean était un exaucement. Elle taisait ces plusieurs fausses couches qui lui avaient fait douter de tout, donné envie d'annuler sa vie, comme s'il fallait qu'elle fasse un pacte avec un dieu comptable, un dieu qui aimait les sommes nulles, qui prodiguait pour reprendre, et à qui elle aurait promis de laisser filer sa carrière pour que naisse son enfant tant elle refusait d'être condamnée à ce que l'un de ses rêves soit muré, et celui qui lui importait le plus, à ce que la chance soit généreuse, mais pas inconditionnelle. Puis son fils était né.

La danse lui avait appris à maquiller ses efforts et ses émotions mais aussi à déchiffrer son corps. Si les stimuli mauvais s'insinuent et gravent la mémoire, c'est que la douleur agit pour préserver l'espèce, par ses lancinants messages : ne pas appuyer davantage sur un nerf à vif, un tissu déchiré, identifier les dangers et les fuir. L'idée même d'une douleur capable de vous protéger était de celles qui bouleversent les certitudes. Mais les certitudes semblaient plus faciles à culbuter que les souvenirs. Plus faciles, surtout, que les spectres de septembre 1939, et les derniers instants, brefs et confus, passés avec son père, de la gare de Londres-Waterloo à l'aéroport.

Ce matin-là, trois heures auparavant, elle avait été priée de rassembler ses affaires. S'agrippant de toute ses forces à son béret, elle était montée dans le taxi qui l'attendait à Elham pour regagner la capitale puis les Pays-Bas, sans lui donner le temps de dire au revoir à ses amies. Sa mère avait décidé de la retirer de la pension du Kent et de la faire rentrer auprès d'elle aux Pays-Bas, qui resteraient certainement zone neutre ; les cousinages linguistiques et la proximité de l'Allemagne ne pouvaient en faire un terrain de guerre et de sang alors que l'Angleterre serait d'évidence pilonnée.

En une étrange scène, des volutes de vapeur, la vie avait imité le cinéma, avec des raccourcis de mélo : les quais de gare étaient floutés, les fumées avaient fait écran pour qu'il l'efface plus facilement de sa vie. Un fondu au blanc, une enfant engloutie.

Le halo se brisait à l'instant, faisait place à la table à laquelle il se tenait si droit et déclinait vingt-cinq ans de vie dont il disait peu, sauf à mentionner quelques faits, qui n'étaient en somme qu'une glose améliorée de son état civil. Résidence : Dublin ; épouse : Fidelma, de trente ans sa cadette.

Mais les souvenirs deviennent dangereux lorsqu'ils font contrebande de certitudes. Elle ne pouvait l'ignorer lorsque les inexplicables faveurs du sort et la hantise de ne pas en être digne, de frôler ou de mériter l'échec la talonnaient à nouveau. Un rideau de succès la protégeait mais il n'était besoin que de s'approcher pour voir au travers. Au moment même où, après *Vacances romaines* et

Sabrina, les étoiles semblaient alignées, *Ariane* n'avait pas tout à fait reçu les ovations espérées. Billy Wilder, qui venait de faire s'envoler la jupe de Marilyn Monroe dans *Sept ans de réflexion*, retrouvait Audrey et la transformait en ingénue, mythomane femme à hommes pour attirer un homme à femmes. Mais le génie du petit homme à la figure ronde, sa caméra en passe-partout dans les chambres du Ritz, la loufoquerie des orchestres tsiganes convoqués par le millionnaire à chaque rendez-vous galant, n'avaient pas suffi à créer l'illusion d'une véritable chimie entre la gamine et Gary Cooper de trente ans son aîné. Peu après, *Mayerling*, romance tragique du prince Rodolphe et de sa maîtresse Maria Vetsera, dans la Vienne habsbourgeoise, interprété en direct pour la télévision, avait été reçu comme un exercice en mièvrerie. Et depuis, *Deux têtes folles* et *Charade* lui avaient apporté de très brèves satisfactions, qui ne sont qu'une tristesse à tempérament. Les joies étaient enserrées de mélancolie. Les unes ne cherchaient pas à tacler les autres, mais s'étaient toujours emboîtées en elle, énigmatiques, comme les pièces du Monkey Puzzle. Il lui apparaissait alors que les traits de son visage s'assemblaient de plus en plus mal et que les portraits de plateau le cacheraient toujours plus difficilement – ses yeux cherchaient l'objectif comme un secours, comme avant, enfant, lorsque son regard visait le sol pour y planter sa tristesse. Elle ne parvenait plus à se concentrer, avait demandé des panneaux noirs autour du plateau pour la protéger de l'agitation des techniciens lorsqu'elle tournait *My Fair Lady*. Elle luttait pour être synchrone avec elle-même et devait trouver le ton juste pour la vie d'une autre.

Le silence enlisait tout, passé et présent : même les conversations, en cet instant, faisaient remuer les lèvres de Mel et celles de son père étaient sans bruit. C'était aussi de sa faute – dans les quelques courriers timidement échangés avant cette rencontre, elle l'avait dispensé d'explication, lui avait écrit que rien ne servait de retourner le passé. Ce n'était pourtant pas par peur de condamner ces retrouvailles, par la faute d'accusations qui le feraient fuir à nouveau. Elle lui accordait et lui infligeait d'être faillible, mais maintenant, face à lui, la résolution de ne pas solliciter de comptes se fendait, les scellés posés sur ce passé étaient absurdes, les interrogations revenaient, refusaient d'être sans réponse : il lui aurait fallu le brusquer de quelques questions et il devinait sans doute que sa fille ne se le permettrait pas. Son respect filial lui assurait de rester à distance, et la renvoyait, elle, à des pensées qui doublaient mal la conversation, la rejetait là où les adieux avaient été prononcés.

Les propos échangés étaient ceux d'une conversation où les dissimulations ne sont pas tout à fait des omissions mais comme des pas craintifs dans une pièce dont les lampes viennent de claquer. La discussion était arrimée sur le présent, neutre, dont Audrey cherchait à s'éloigner, quitte à se servir d'anecdotes de *My Fair Lady* et à prendre le secours de l'Histoire.

— Tandis qu'ils mettaient en place le plateau pour la scène de Covent Garden, la nouvelle est tombée, le président des États-Unis avait succombé à ses blessures. C'est moi qui ai annoncé la mort de Kennedy sur le plateau…

Il avait secoué la tête, déplorant moins, sans doute, l'assassinat que ses commanditaires et à des hypothèses qui ne demandaient qu'à être confirmées : Qui, sinon les communistes… ? Le séjour à Moscou du tireur, Lee Harvey Oswald, le prouvait bien. Rebroussant conversation, Mel ramenait les diatribes politiques vers un autre écho, selon lequel le défunt président s'était fait projeter *Vacances romaines* en attendant le dénouement de l'intervention de ses troupes à Cuba.

Mais Audrey ne laisserait pas ainsi s'échapper la conversation en courbettes ou vantardises, et pointait ses allusions vers ce qu'il taisait :

— Tu sais, dans ce film, j'ai beaucoup aimé la reconstitution d'Ascot. Tu me diras ce que tu en penses. Tu as dû t'y rendre au cours de tes années à Londres…

Le visage de son père était impassible et elle s'abîmait en vain à lui tendre cette allusion. La mention du champ de courses, pourtant, aurait dû l'ébranler. C'était un stigmate de son indignité.

Londres, 1939.

En montant dans l'avion, elle n'avait pas quitté du regard son père planté à terre sans raison, alors qu'il savait piloter un planeur et qui l'avait emmenée à bord, un jour. En la quittant, il avait tenu à lui répéter que la Hollande serait plus sûre et semblait s'en soulager, comme s'il en avait pris la décision, pour le bien de sa fille et n'en était pas un simple exécutant.

Puis il était parti. Avant même le décollage, l'air semblait être confiné, dans la cabine de l'appareil. Les autres voyageurs portaient les traits de ceux qui réajustent sans cesse leurs espoirs à leurs prévisions. Des visages aux conversations ininterrompues. Des visages occupés.

L'avion aux ailes orange volait bas.

Bientôt, tout cracherait. Le ciel serait encombré, congestionné, le ciel du Blitz ; le sol, celui de la défense anti-aérienne, était lui aussi piégé. Tout était un cadastre de tuerie. Sur le continent, le tumulte redoublé, ces claquements de botte sur le pavé, ces ordres dans une langue de lambeaux, ces réfugiés au regard siphonné de peur, ces soldats dans les rues qui défileraient pendant des jours entiers, devant des maisons aux volets fermés. Leur victoire marquait l'entrée dans un silence de mort.

Les Pays-Bas étaient tombés en quatre jours. Elle ne serait plus Audrey mais Edda : Edda van Heemstra, scolarisée à l'école publique d'Arnhem, à qui sa mère avait désormais interdit de parler anglais.

Une fois encore, elle devait changer de langue. En arrivant à la pension dans la petite ville du Kent, Audrey Ruston était une petite nouvelle joufflue, qui se rongeait les ongles, mangeait du chocolat, avalait le mutisme et devait oublier le néerlandais dont son anglais conserverait un infime écho. Et cinq ans plus tard, en regagnant les Pays-Bas, elle vivait la même chose, en chemin contraire.

Pendant tout le temps où la Hollande avait été floutée de sa vie de petite fille, sa mère, lorsqu'elle ne lui rendait pas visite, la confiait le temps des vacances à une famille de mineurs pour mieux l'acclimater aux accents et aux classes sociales éloignées de la sienne. Cette façon de faire son éducation, en la plongeant dans le monde ouvrier, apparaissait a posteriori comme un retour de conscience qu'Audrey s'expliquait à demi : abjurer un fascisme d'aristocrate qui se défiait des laborieux. C'était cette famille qui lui avait appris les noms anglais d'une infinité de fleurs, de ces choses peut-être inutiles et fragiles, mais qui servent de nuanciers pour tant d'autres choses. À Arnhem, elle ne connaissait plus aucune subtilité, aucune teinte. Elle ne savait que le silence cerné d'angoisse, ou les bégaiements. Avant chacune de ses interventions, sa respiration s'arrêtait, et avec le souffle court d'une humiliation à venir, elle cassait un mot ou une phrase, les plâtrait, et agitait la classe de rire. Sans doute était-ce là le trac le plus écorchant qu'elle avait jamais ressenti. Elle s'attendait aux hilarités qui semblaient gonfler à chaque seconde, un animal monstrueux qui ondulait avant de lui sauter à la gorge – et les rires s'assourdissaient seulement dans les larmes sur le chemin du retour, échappée à tout regard.

Ses émotions étaient sans traduction, elles lui résistaient, ou la quittaient en phrases boudinées. En restait les plaques brûlantes, et la flammèche juste avant de former les mots – et ce que ses expressions pouvaient en trahir. Les voiles qui passaient dans son regard précéderaient presque toujours de quelques instants la moindre de ses syllabes. Les déracinements rendent les lèvres et les pensées mal synchrones.

En janvier 1940, sa mère l'avait fait participer à un spectacle de charité, un étrange tableau vivant où toutes deux étaient habillées en princesses emperruquées de blanc, comme dans les cours royales avant la Révolution. En novembre 1940, une photo-portrait saisissait à nouveau Audrey dans cet habit avec cette perruque : sa tête était inclinée, son regard plongeait et semblait pleurer.

Audrey ou Edda étaient étrangères, et il n'y avait pas d'échappatoire, mais un sauf-conduit : la danse. Hors de ces classes, des heures à la barre, elle lisait des romans policiers, des histoires de Kipling, grimpait dans les arbres, courait avec ses demi-frères, quitte à attirer les foudres de sa mère. C'était pour eux, Ian et Alex, qu'elle avait commencé à se hisser sur la pointe des pieds, pour essayer de parvenir à la hauteur des aînés.

En costume de ballerine, elle passait pour une enfant-image, une petite princesse aux bonnes manières, une vie en robe de taffetas, de chemises de nuit aux cols de dentelle, qui se glisse dans un lit haut, à la couette épaisse et aux rêves doux. Mais elle avait dix ans rugueux, elle écorchait ses coudes et se râpait contre les mots et contre son corps devenu trop épais. La danse était la chance de s'en défaire, et son maintien. Une mathématique sans pitié envers les personnalités liquides, expansives, qui débordent dans le cadre, la chorégraphie, ou la conversation – ceux qui accaparent l'espace. Elle saurait se tenir.

Les ballerines n'envahissent pas la scène, elles la traversent, pointillent le sol, laissent des sillages de grâce, d'efforts effacés. Et les efforts étaient un rempart ; elle s'y retranchait, y oubliait la férocité des autres petites à chignon, lorsque les premiers articles dans les journaux locaux avaient vanté la performance de celle qui demeurait la nouvelle venue, et laissait quelques miracles faire le reste. Les miracles arrivaient peut-être à ceux qui s'étaient mis à leur disposition. Qui travaillaient jusqu'à l'étourdissement. Contre les souvenirs. Elle n'était pas une ballerine prodige mais une de ces boutures dont le destin devrait tout à la discipline et au silence.

Élégant, intemporel, le ballet était une halte polie, un ourlet dans la conversation. Joseph lui avait demandé si elle avait conservé son goût de la danse, si elle avait rencontré Margot Fonteyn que le Blitz avait transformée en proue de la Couronne, et qui avait dansé sur la scène du Royal Ballet soir après soir au mépris des bombes. Comme s'il essayait de la convaincre qu'il avait été témoin de cette résistance et de la désolation, mais elle le soupçonnait d'avoir appris des pages d'histoire pour y étoffer son alibi : tout est piégé dans les retrouvailles où rôde la moindre culpabilité, et les dissimulations assymétriques, les conversations vacillent de gêne, et le nom même de Fonteyn était un fourmillement de mémoire qui la renvoyait là où leurs chemins étaient déjà séparés.

Margot Fonteyn avait été une apparition, et la mémoire avant le précipice – un oscillogramme qui consigne tous les frémissements. S'agripper aux derniers moments avant l'instant où la nuque reçoit ce coup, auquel survivre n'est qu'un pronostic aléatoire.

Elle demeurait la petite fille à la longue robe de taffetas avec son haut col, ornée d'un petit nœud, montée sur la scène du théâtre d'Arnhem pour offrir un bouquet à la danseuse en lui murmurant qu'elle aussi voulait être ballerine. La tournée du Royal Ballet en France, en Belgique et aux Pays-Bas se voulait un signe de solidarité pour leurs populations, une parenthèse dans l'anxiété. Dans *Façade* et *Horoscope* chorégraphiés par Frederick Ashton, les planètes conspiraient pour favoriser les amours de deux jeunes gens – une idylle sans âge, représentée le 9 mai 1940. Et les visages étaient devenus nerveux, saccadés par leur retour dans la réalité. Les danseurs s'étaient acquittés de leur dû envers la scène : des mouvements sans heurt, l'illusion appliquée, l'illusion que même la guerre devrait rester en dehors de la salle – comme s'ils savaient répéter pour les mois de Blitz à Londres. Mais les rumeurs de l'invasion étaient de plus en plus nettes et ces visiteurs d'un soir étaient partis en hâte pour tenter de regagner La Haye, puis Londres. Bien plus tard, elle avait lu qu'ils avaient abandonné décors, costumes, et la partition entière, quelque part entre Arnhem et Haarlem.

Plus jamais le ballet ne serait donné dans son entier – c'était celui qui avait offert à Margot Fonteyn son aura d'icône. Audrey avait eu devant elle une enchanteresse et l'image de ce qu'elle voulait devenir.

Peu avant minuit, les routes vers Arnhem avaient été coupées. Le 10 mai 1940, à trois heures du matin, les Allemands envahissaient la Hollande – et franchissaient la frontière éloignée de vingt kilomètres de cette ville qui devait être un refuge.

C'était la première de nombreuses nuits de bombardement passées dans la cave, où elle s'était appliquée à revisiter les enchaînements, la scène et son vœu chuchoté à la danseuse étoile qui lui avait fait oublier les souris, l'humidité, les tirs de mortiers. Ne restaient que des images mal jointes, un bonheur qui n'avait pu durer, mais dont le souvenir trompait la réalité.

Au matin, sans combat et sans bruit, dans les interstices des volets clos, défilaient les troupes nazies, la capitulation, l'occupation.

Le visage de son père avait une léthargie particulière : les expressions de ceux pour qui le bonheur est superflu, et sans conviction – un cadre à photo vide. Pour eux, le poursuivre n'aurait pas plus de sens que de chasser un nuage : les plaisirs ou désagréments étaient une condition atmosphérique, qui modifie l'humeur mais dont il faut s'accommoder. Quel nerf avait été tranché ? Était-ce sa physiologie qui lui avait donné ce détachement ? Ou les désillusions, conclusion de ses passions meurtrières qu'il ne serait jamais homme à dévoiler ?

Les dilettantes se privaient d'une part d'eux – et Joseph, devant elle, taciturne, lui semblait amputé. Un rêve inarticulé auquel il avait renoncé marquait sans doute l'instant où tout avait fini. Et, où, pour elle, tout avait commencé.

Londres, 1948.

Dès la fin de la guerre, elle était devenue à nouveau Audrey : Edda avait vu trop d'horreurs, et n'aurait pas le ressort d'oublier ses cauchemars, ni de croire à son optimisme. C'était Audrey et son inconscience pleine d'espoir qui avaient quitté Arnhem pour Amsterdam puis Londres.

Mais quelques saisons avaient passé et, un jour, il lui avait fallu entendre ce qu'elle savait, un verdict qu'elle était allée provoquer, compressant son courage pour demander à son professeur Marie Rambert si elle avait la moindre chance de devenir danseuse étoile. Celle que tous appelaient Mim avait étudié avec Diaghilev, dansé avec Nijinski, formé Frederick Ashton : les étoiles et les chorégraphes étaient tous ses pairs ou ses élèves. Douter de Mim ne lui avait jamais traversé l'esprit : elle avait toujours été trop généreuse avec Audrey pour l'épargner. C'était elle qui l'avait accueillie dans son école avec une bourse d'étude et, comprenant que la jeune fille ne pourrait survivre ainsi à Londres, Mim l'avait logée et nourrie chez elle à Camden en attendant que sa mère rassemble la somme nécessaire pour la rejoindre.

« Ta taille… un handicap… trop grande. Les danseurs sont plus petits… tu ne peux pas être plus grande que ton partenaire… Et puis il y a ces lacunes... Ce n'est pas faute de travail… Il était tard, déjà, à ton arrivée... Trop tard, sans doute… Une de mes meilleures élèves, incontestablement, mais une étoile, non, aucune chance… »

Cent soixante-dix centimètres et cinq années de guerre.

Voilà ce qui avait suffi pour être une danseuse ratée.

Elle l'avait remerciée de sa franchise, d'une voix blanche. Elle comprenait que Marie s'était abstenue de lui dire la vérité frontalement mais l'y avait préparée, et Audrey avait ainsi affronté la désillusion lorsqu'elle y était prête. Il y avait eu un nouveau fondu au blanc – et puis des silhouettes étaient revenues, le regard qui fuit de côté et l'esprit qui ramasse quelques souvenirs, comme on ferait un sac avant de partir, rassemblant quelques biens épars, puis jeté sur l'épaule.

De pauvres tissus pour les costumes de scène, des chaussons de feutre grossiers et trop fins, éventrés en une seule performance, les représentations sans annonce et les rideaux tirés, au bénéfice de la Résistance, avec un public qui ne peut applaudir. Et surtout les mois de privation, la faim qui évide le corps, la légèreté qui plombe. C'était avec et pour ce rêve de danser qu'elle avait tant enduré pendant la guerre. Survivre était un exercice, une discipline pour comprimer la douleur. Faire des colonnes de pensées. Ne pas cesser de se rappeler pour quelles raisons vivre : des listes de motifs. Des listes, qui trompaient l'impuissance et le temps stagnant. Comme les jeux de cartes avec son grand-père – ranger ses cartes, le sort. Attendre qu'elles soient rebattues. Prier. Et danser dans sa tête, quand le corps ne le pouvait plus. Voir les mouvements, chorégraphier. Danser. Alors, surtout alors.

Sa dernière représentation à Arnhem avait eu lieu en janvier 1944, les critiques des maigres journaux locaux avaient été sans réserve mais la beauté du moment lui avait été immédiatement confisquée. La représentation de *Peer Gynt*, *Humeur du matin* et *La Mort d'Ase* avait été suivie d'une mesure de précaution énoncée par Winja Morova, son premier mentor de ballet : elle était désormais trop faible pour danser et ne serait admise dans ses classes qu'une fois la guerre terminée. Les pays voisins se libéraient mais une offensive manquée et les troupes alliées repoussé à la bataille d'Arnhem les avaient piégés et avait étiré des mois redoutables.

L'hiver 1944. Lire et dormir pour oublier ce qui prenait le ventre et les tempes en étau, faisait frissonner sans froid. Boire pour tromper ses sens, se remplir l'estomac. Tenir avec des soupes d'ortie, la farine de tulipe, et toutes les racines possibles cuisinées de rien, et le corps qui commençait à s'empoisonner : la jaunisse, les œdèmes – le sang saturé de liquides, qui montait doucement, gagnait les pieds puis les chevilles : une fois arrivé au cœur, la vie s'en irait.

« Si je survis à cela, je ne me plaindrai plus jamais. »

Mais ce jour-là, lorsque Marie avait secoué la tête, la promesse avait semblé naïve. Ou plutôt il aurait été puéril de continuer à croire qu'elle pourrait la tenir. Il lui faudrait trouver une version avec laquelle coexister.

Quinze ans auparavant, une de ses idoles, la Pavlova, avait refusé l'opération qui aurait pu la sauver de sa pleurésie ; la ponction de l'eau stagnant dans ses poumons l'aurait empêchée de danser et si je ne danse pas, je meurs, avait-elle dit avant de s'éteindre à cinquante ans. Mais Audrey n'était pas la Pavlova, ne le deviendrait jamais. L'espoir qui l'avait maintenue en vie était mort. Et elle ne mourrait pas.

Le décor était enlevé – ne restaient que la poulie, la scène nue, le vide et la nécessité de l'occuper. À quoi ? Elle pourrait être une danseuse dans un corps de ballet mais pourquoi vivre une vie qui lui renverrait sans cesse l'image de son rêve échoué ? où elle côtoierait celles qui l'avaient réalisé, et s'offrirait en proie aux pensées mauvaises et aux regards obliques qu'elle avait tant redoutés.

Elle avait rangé ses chaussons, avait erré avant de pouvoir croiser le regard de sa mère.

Elle savait qu'elle lui refuserait toute commisération et la presserait de trouver un autre chemin, elle qui, à Arnhem, Amsterdam ou Londres, sans récrimination, était allée d'humbles en modestes positions : baronne fleuriste, esthéticienne, ou concierge d'un immeuble de brique à Mayfair, en échange d'un loyer modique.

Une aristocrate ne se donnait pas en spectacle mais cette même femme tortueuse n'avait rien jugé trop indigne d'elle pour élever sa fille et la conduire là où elle devait. Il n'était rien que sa mère n'eût fait pour elle, et pourtant restait à Audrey cette incapacité à en obtenir des preuves d'affection. En espérer un gage était finir une course en dérapant sur du verglas. Elle n'avait pas de refuge, jamais eu la lumière des enfants qui ne doutent pas de l'amour qu'ils inspirent. Quand elle riait, il lui semblait qu'une part de son rire s'élançait pour explorer le terrain et l'autre attendait – un rire en léger différé. Alors elle souriait souvent, beaucoup. 1952, l'année où la chance lui avait fendu le visage, le film *Bellissima* de Visconti avait été distribué aux États-Unis et en Angleterre. Leurs histoires n'étaient pas si distantes : une aristocrate qui avait tout perdu et une mère au foyer qui n'avait jamais rien eu étaient prises dans les mêmes nasses et les mêmes espoirs pour leurs filles, et à travers elles. Comme si tout devenait possible, un investissement obsessionnel dans le futur, dans des enfants auxquels il incombait d'être une rédemption. Audrey avait vite compris que, derrière son succès, on chercherait aussi les rêves d'une mère.

Elle était rentrée au 65 South Audley Street – la voix pâle, retournée à la promesse de ne pas se plaindre et prête à examiner d'autres chemins.

Sa mère ne voyait en aucune performance une forme de disgrâce, comme si elle avait été envoyée en éclaireur, et connaissait l'issue de ces années de gêne. Et sans la proximité – même froide – de sa mère, comment aurait-elle supporté ces semaines de limbes, les auditions incertaines, les colonnes d'aspirantes à l'espoir mauvais, les longues marches pour économiser des tickets de transport. Ella ne s'était opposée à aucun contrat de mannequin, et elles avaient même échangé un regard amusé devant l'étrange photomontage pour la lotion faciale lacto-calamine Crookes dont Audrey était le visage : son portrait en buste avec la colonne de Trafalgar Square au second plan avait pour légende : « La base d'une peau adorable ».

Elle avait plongé dans une autre fadaise, la pantomime *Sauce Piquante*, à l'affiche pour plus de 400 représentations, prolongée de *Sauce Tartare*, en 1950. Elle avait choisi le music-hall qui payait trois livres de plus par spectacle que n'importe quel ballet et elle se consolait de cette compromission au souvenir de l'âpreté des journées à la barre, presque heureuse de ne plus connaître ces étendues de temps où tout était fissible, où les espoirs se fendaient au premier enchaînement manqué, où toute erreur était d'autant plus cruelle qu'elle était sous le microscope des autres élèves et surtout toujours à portée de ses propres flèches, de ses critiques et des conspuations d'une salle imaginaire.

Elle découvrait la fausse routine des représentations, les nuits étirées, l'adrénaline de la scène qui se dissipe à l'aube, les matinées, les journées de relâche. Ces représentations étaient son métier, et non une parenthèse et c'était cette promesse de durée qu'elle aimait. Pour la première fois, elle ressentait la joie sans mélange d'être en vie. Et elle faisait rire les autres en coulisses – comme des années auparavant avec ses frères, dans leurs après-midi de charades.

La guerre ne s'était pas retirée des esprits mais la peur se dissipait et avec elle, le sentiment de n'être pas, ou si peu, maître de son propre destin. Les shows légers et les comédies musicales de New York étaient repris à Londres. Londres, pour elle, avait été comme une loge à double entrée, qui s'ouvrait sur Broadway.

Était-ce l'âge venu ? La voix qui se ride aussi ? Celle de son père lui semblait parfois enrayée, comme si elle transportait avec elle ses années :

— Tout est venu si vite pour toi.

Lui avait-il dit cela par fierté ou pour insinuer que cette rapidité n'était qu'un visage de la chance ? Renonçant à savoir, elle avait acquiescé. Dans l'antichambre londonienne, elle s'était affûtée, avait haché le temps menu : douze spectacles par semaine, le mannequinat, les cours de maintien et de barre le samedi, et les leçons de diction que le producteur des *Sauces* l'avait invitée à prendre avec Felix Aylmer. Elle avait eu besoin de préciser à son père que Felix, récent Polonius dans le *Hamlet* de Laurence Olivier, avait aussi eu Vivien Leigh parmi ses élèves. Comme pour l'assurer de son pédigrée au milieu de froufrous, et chercher un assentiment rétrospectif, en imaginant que Joseph n'aurait pas toléré de voir sa fille parmi les girls des revues. Mais aurait-elle eu besoin d'évoluer dans ce monde, s'il ne les avait pas abandonnées ? S'il n'y avait eu ces sinusoïdes des débuts, la chance l'aurait-elle ainsi trouvée ? C'était un film bluette, *Nous irons à Monte-Carlo*, qui l'avait semée sur la route de Colette. En apercevant Audrey dans les couloirs de l'Hôtel de Paris, la romancière avait en elle vu Gigi, l'héroïne de sa nouvelle, adaptée au théâtre, et dont elle désespérait de trouver l'interprète pour Broadway. Une photo dédicacée portait témoignage de cette rencontre : « Pour Audrey, trésor que j'ai trouvé sur une plage » – elle était, pour toutes deux, inespérée. Quelques mois plus tard, sur scène, Cathleen Nesbitt serait la tante de Gigi : la grande dame avait pris sa cadette esseulée sous sa protection dès son arrivée à New York. Sans Cathleen, Audrey se serait fracassée – elle étrillait elle-même chacun de ses mots et gestes, sa voix allait s'écraser aux pieds des fauteuils du premier rang ; et tout ce qui lui arrivait, cet automne 51, allait se réduire à une chance désinvolte passée juste pour leurrer ou faire souffrir – une chance qui, en réalité, n'était pas à sa portée. Soir après soir, elles avaient travaillé ensemble jusqu'à la douleur, au-delà de l'épuisement, comme pour les exercices à la barre, pour garroter l'angoisse par la technique et rappeler à elle cette fortune qui menaçait de la quitter. Si elle avait été bercée d'une enfance sans accroc, son visage aurait-il eu la détermination et la fragilité de ceux qui veulent encore ranimer, à toute force, des espoirs étouffés ? C'était une enfant vulnérable que les critiques avaient élue dès les premières représentations de *Gigi*.

Il n'avait fallu qu'une saison pour que les magazines à scandale la harcèlent. Les hostilités étaient à griefs ouverts : « Miss Hepburn traite la presse avec une indifférence qui ne peut que susciter des animosités. » Alors ils dépeçaient tout, salissaient tout et quelques photos de Londres où elle apparaissait sur la scène avec les autres filles, en bas résilles, étaient légendées de fiel. « Qu'Audrey a-t-elle à cacher ? »

Mais elle n'avait rien à cacher si ce n'est le déshonneur de ce père absent, et le grelottement d'un épuisement menaçant, elle était convaincue que tout, d'une vie, n'était pas un butin à partager. Elle offrirait toujours ses anecdotes avec parcimonie, sauf, dix ans plus tard, pour convaincre de sa légitimité en Holly Golightly demi-mondaine dans *Diamants sur Canapé* lorsqu'elle glissait quelques allusions à ses mois dans les revues de cabaret, aux hors-scène, aux fêtes où elle se rendait avec les autres girls – une nuée de demoiselles qui, bien placées auprès des serveurs, et passant un temps incongru à picorer les canapés, s'appliquaient à ce que la soirée fasse office de dîner. C'est là qu'elle avait entendu le ton sur lequel elle prononçait dans le film, « Celui-là a l'air riche », avant de laisser les marées des soirées décider de l'endroit où elle les conclurait. Mais elle n'avait pas voulu draper Holly de la sensualité agressive d'une call-girl tant elle était certaine que ces envolées de dépravation n'étaient pas celles que Truman Capote lui-même prêtait à son héroïne. Une demi-mondaine moins virginale n'irait pas seulement rêver devant une boutique de bijoux, elle y entrerait et l'un de ses amants recevrait la note. Elle avait assez observé ces cercles pour en connaître les types. Ses souvenirs étaient paisibles sans être attendris.

Si son père venait à lui demander comment elle avait supporté ce monde, elle avait préparé une phrase de *My Fair Lady* : « La seule différence entre une vendeuse de fleurs et une Lady n'est pas dans la façon dont elles se comportent, mais dans la façon dont on les traite. » Elle avait été une sorte de marchande de violettes pendant deux brèves saisons, avait fait de cette nécessité une étape, un sas, sans dénigrer ni déplorer sa modique infortune, et refusait à quiconque le droit de le faire à sa place. Qui pouvait comprendre ce qu'était revivre ? Les langues mauvaises maçonnaient leur propre misère. Elles lui donnaient l'impression de coller, à la truelle, des plaques de peinture qui avant de tomber, se décollent de leur façade. Les commères avaient souvent des complexions épaisses et décrépies.

Mais son père ne poserait pas de questions, se tiendrait au seuil de sa vie. Il disait se tenir informé de sa carrière, à distance, et en être heureux. Tout sonnait comme les félicitations de parents éloignés pour un mariage auquel ils auraient hésité à aller. Son père avait-il lu les attaques, autant que les recensions favorables ? Étaient-ce les unes ou les autres qui l'avaient tétanisé et retenu de lui faire signe ? Comment pourrait-elle lui demander quel journal lui avait, pour la première fois, fait jaillir au visage une photographie de sa fille ? Quelles hésitations et quels réflexes l'avaient saisi ? Un métal glacé lui avait parcouru le sang ? À moins qu'il ne l'ait revue dans l'une des deux productions britanniques, où il suffisait d'un instant d'inattention pour manquer son apparition ? « Qui veut des cigarettes ? » dans *Laughter in Paradise*. Ou plus probablement « Oh mais c'est tellement gentil » roucoulé, joue frottée contre celle d'Alec Guinness qui lui offre une petite liasse de billets d'anniversaire, dans *De l'or en barres* consacré meilleur film de l'année 1951, dans un pays encore soumis aux rationnements.

Lui avait-elle fait honte alors ? Ou était-ce sa propre honte qui l'avait tenu à l'écart, lui ? Avait-il réalisé, lisant la nouvelle du mariage d'Audrey avec Mel, dix ans auparavant, qu'il avait laissé sa place au vent, qu'il n'était pas à son bras ce jour-là ?

Au moins, lui avait-il épargné le pincement infligé par sa grand-mère van Heemstra lorsque celle-ci avait donné, à l'insu de sa petite-fille, un entretien à un journal autrichien, juste après l'Oscar pour *Vacances romaines*. Elle y partageait, entre naïveté et vanité, des anecdotes sur l'enfance d'Audrey, qui s'était sentie trahie. En se confiant, sa grand-mère la privait de la seule intimité qui lui restait intacte, celle du passé, alors même que, sur toutes les scènes et dans tous les journaux, elle était devenue une petite fiancée à vendre qu'on examinait sous tous les angles, où les plus lointaines de ses fréquentations agrippaient leur gloriole en partageant une anecdote ou en l'inventant, où elle avait tant besoin d'être aimée par les siens, ceux qui connaissaient l'enfant énigmatique, pas l'actrice que les studios s'attachaient à rendre implacablement solaire.

— Penses-tu qu'elle ait du talent ? Un profond talent, un important talent ? demandait Holly à son jeune ami, au milieu de la fête de *Diamants sur canapé*. C'était l'une des répliques du film qui plongeait dans ses propres failles. Et son père le pensait-il, pouvait-il le penser, quand elle-même en était si peu convaincue ?

Dans la conversation elle cherchait des pans de vie neutres : elle n'évoquerait pas les débuts de sa carrière, son retour dans la capitale anglaise, encore en ruines, la poursuite des spectres. D'évidence, il n'avait rien connu de ce Londres-là. Sa mère avait tenté de retrouver la trace de Joseph, et avait vite concédé un échec. Il aurait pu être mort, comme les sympathisants nazis exfiltrés sur le continent, et enrôlé dans les armées hitlériennes, prisonnier ou exécuté à l'Est, disparu corps et biens. Les trajectoires des charriés de l'après-guerre étaient une tourbe. Et à n'en pas douter, ses idéologies et leurs stigmates auraient été embarrassants.

À partir de 1938, le dernier employeur de son père, dans cette officine de presse londonienne à la solde des nazis, avait été Arthur Tester, un enfant de bonne famille, fils décati de diplomate, espion qui, dit-on, avait amarré un yacht au pied de falaises dans le Kent pour recevoir Mosley et quelques dignitaires nazis. Pendant ces mois, au lieu de rendre visite à sa fille dans le pensionnat à quelques dizaines de kilomètres, il avait dû rejoindre Tester et ses acolytes dont les activités passaient de moins en moins inaperçues. Bientôt, une demande d'enquête de la Chambre des communes, notant les financements venus de Goebbels, précipiterait le départ de Tester par la mer, et sa fuite ressemblerait à celle de la vermine du film d'Hitchcock, *Les Trente-neuf marches*. Sur le continent, Tester avait poursuivi ses missions pour les troupes nazies en Roumanie, en interrogateur au service du Reich, avant d'être tué en Transylvanie. Ce destin de charogne rappelait les romans d'espionnage qu'elle volait à ses frères.

Qu'avait fait son père, lorsque la British Union of Fascists avait commencé à être inquiétée ? Avait-il aussi bravé l'interdiction de défiler en chemise noire ? Était-ce la raison pour laquelle il avait officiellement modifié son état civil de Joseph Ruston à Joseph Hepburn ? Une annonce dans la *London Gazette*, en date du 21 avril 1939, signalait ce changement de nom et le domiciliait à Regent's Park. Puis, comme beaucoup de mondains fascistes de ses cercles, il avait été appréhendé en mai 1940, comme un millier d'autres suspects de soutien aux nazis, il était probablement passé par la prison de Brixton, puis avait été rassemblé, avec les autres sympathisants, derrière les barbelés autour du champ de courses d'Ascot : plus de jumelles, plus de chevaux, juste le terrain nu comme pour moquer ces traîtres dont beaucoup avaient fréquenté les lieux, en d'autres saisons. Ils seraient tous relâchés, à mesure – et même, en 1943, leur chef, Oswald Mosley, malade, malgré l'indignation populaire. Était-ce à cause de sa naissance en Bohême et de sa mère allemande, ou d'une âpreté particulière de ses activités dans les années de l'immédiat avant-guerre que Joseph Ruston-Hepburn, taciturne et misanthrope, était, lui, resté interné jusqu'en avril 1945 ? Les bribes de récits s'assembleraient à mesure : les détenus l'avaient appelé Java Joe. Sans doute par moquerie et lassitude de ses déambulations oratoires constantes vers le Surinam, Bornéo, les Indes néerlandaises et leurs embuscades communistes. Un prêtre l'avait pris sous sa garde et avait obtenu pour lui un emploi de courtier d'assurances en Irlande. La Croix-Rouge l'avait retrouvé, moins pressée qu'Ella de clore ce dossier.

Peut-être aurait-elle pu trouver à le joindre après avoir reçu ces quelques éléments, mais elle n'en avait rien fait et, au fil du temps, le courage diminuait. Qui aurait pu se retirer de la vie au point d'ignorer que le nom sur les affiches des théâtres du West End, puis de Broadway, puis les couvertures de magazines était le sien et celui de sa fille ? Qui sinon un fantôme ?

Était-ce la honte de son abandon, un refus de l'encombrer, trop de fierté pour révéler son indigence, ou tout à la fois, qui le retenaient loin d'elle ? Dans un pays qui inventait l'État-providence, ces prestations étaient refusées aux anciens sympathisants nazis.

Elle paraissait calme mais ses mains s'agitaient. Tout ne se mimait pas, tout ne se réparait pas, et sa hantise la poursuivait : le rêve des retrouvailles apaisantes avait disparu, le déjeuner s'achèverait, elle reviendrait à elle et tout serait évanoui. Elle dirait : « ils sont tous partis ? », comme elle avait délivré cette première réplique dans *High Button Shoes*, mais il n'y aurait pas de lendemains, on lui arracherait le rêve. C'était une variation sur le même cauchemar depuis le départ de son père, la représentation de Margot Fonteyn et les actes qui avaient suivis de 1940 à 1944, ou d'autres arrachements, sans raison. Tout semblait la combler mais rien ne pouvait durer. Elle avait eu simplement un peu plus de chance que ces autres aspirantes retournées dans leur néant, ces spirales de succès qui leur écrasaient la face contre un miroir. Qu'était devenue Bella Darvi dont la famille avait été massacrée par les nazis et qui s'était laissée équarrir par les studios, les liaisons, et les drogues qui ne soignaient pas les dépressions ? Et pourquoi Bella surgissait maintenant en figurante, jouet de son imagination qui menaçait si souvent de tout lui confisquer ?

Ce n'était pas la célébrité qui lui manquerait, ni le regard d'inconnus croisés qu'un petit tressaillement parcourait en la voyant et qu'elle cajolait d'un sourire – les regards continueraient à la suivre, mais auraient cette hésitation de qui fouille sa mémoire lorsqu'il rencontre une star pâlie.

Et cela lui serait égal. Tout dériverait doucement, puis elle serait abandonnée. Au cours des derniers mois, elle avait vacillé. On lui avait affirmé que Julie Andrews, la détentrice du rôle d'Eliza dans la production de *My Fair Lady* acclamée sur Broadway, n'était pas libre pour le film, et le démenti qui avait surgi une fois le contrat signé la faisait passer pour une détrousseuse de rôles. Elle avait travaillé les partitions sans relâche avant d'être informée sans manière que sa voix était trop fluette, et, en le lui annonçant, Jack Warner avait grassement ricané de son désarroi : « Quel est le problème ? Tout le monde est doublé – même Rintintin quand il doit aboyer. » Elle avait quitté le tournage pour le reste de la journée. C'était le seul accès d'humeur qu'on lui connaîtrait, s'était-elle promis, lorsque la honte de son attitude avait effacé l'humiliation qui l'avait provoquée. Devant tous, elle s'était excusée le lendemain pour son comportement détestable.

Et ces épisodes réveillaient la douleur tapie en elle : le sentiment que tout avait été une méprise, qu'elle n'avait rien su prouver, qu'elle n'était pas digne d'être aimée.

Il était temps de résoudre l'équation à un inconnu, avait-elle décidé avec Mel.

C'était lui qui avait proposé à ce père qu'ils se retrouvent à Dublin. Le revoir chasserait toute cette confusion. Peut-être était-elle polluée d'un ressentiment grimé en peine et en silence, dont la seule cure était incertaine ; et les avait menés jusqu'ici.

Et alors que Joseph se raclait la gorge, trois mots lui étaient venus, tout était bien.

Il n'aurait jamais été le père dont elle avait rêvé, il avait disparu lorsque les deux itinéraires bifurquaient en angles aigus, il s'était effacé avant que son exemple et ses convictions n'indisposent sa fille et que cette impossible entente ne la meurtrisse encore plus profondément : comment aurait-elle pu s'accommoder d'un tel père, quand elle avait vu, jusqu'au plus proche d'elle à Arnhem, l'abomination du régime qu'il appelait de ses vœux ? Otto, le mari de sa tante, arrêté devant ses yeux, pris en otage pour faire un exemple parmi l'aristocratie puis exécuté par mesure de rétorsion, parce que des résistants avaient tenté de faire sauter un train. Il était l'un des cinq otages dont l'exécution avait retenti dans tout le pays, jusqu'à la cache d'Anne

Frank, qui en avait fait une entrée dans son journal, le 15 août 1942 : « cinq otages fusillés aujourd'hui ». Les rues fermées et les jeunes gens mis contre le mur, les bruits secs et les rues ouvertes à nouveau. Le sang, les dépouilles. Ils resteraient sans nouvelles de son frère, Ian, arrêté l'année suivante et envoyé dans un camp de travail en Allemagne. Le cadet, Alexandre, était entré dans la clandestinité. Les réfugiés de 1940, les exodes, les déportés – tout cela était-il vraiment ce que voulaient cet homme et ses acolytes britanniques, supplétifs de leurs Nosferatus nazis ? Et la question frappait ses semonces, et lui demandait combien de temps encore elle tarderait à admettre qu'il avait été l'un d'eux et n'avait pu que désirer, deviner, connaître, ou savoir, l'imminence de ces fosses communes ? Jusqu'où est-il possible d'être ainsi coupé du monde ? Il n'avait pas connu, de la Grande Guerre, le front mais il faisait l'apologie des bûchers. Comme ses sbires, leurs vies étaient en fait gelées et c'est cette vigueur, ce feu, le pas gymnaste, l'énergie propulsée en valeur, ou même en vertu, la régénération qui les avait fascinés et menés à la perte de tous. La pureté du geste, croyaient-ils, et les ballets de foule à la chorégraphie vulgaire.

Et soudain lui était venue la phrase de Margot Fonteyn.

— Toute forme de prétention induit une infinie médiocrité, dans l'art tout comme dans la vie.

Le visage de son père n'avait pas le fin brouhaha des monstres ni la douceur des tristes. Il était taciturne, les traits creusés par une sorte d'amertume. Persuadé d'avoir des droits, des titres, et d'en avoir été spolié : les attentes envers tout et tous sauf soi. Ces gens-là avaient des visages de ruminants.

Il ne semblait pas abattu, mais amèrement résigné. Une véritable tristesse l'aurait rendu plus proche. Celle-ci a d'autres contours – une satiété, quelque chose qui vous broie, mais sans acuité, comme une mélodie usée, qui murmure que la vie est injuste mais l'univers est droit, et vous dépasse. Accueillir la tristesse pour l'anesthésier.

Et elle tentait de museler ses jugements.

Était-ce, demandait-il, leur premier séjour à Dublin ? Et la conversation avait roulé sur leurs résidences : l'Irlande, la Suisse étaient des havres car ils étaient dans des marges, avait-elle pensé. C'était en retrait qu'elle vivait, elle aussi.

Son premier rôle à Hollywood était la chronique d'une cage dorée dont la princesse Ann tentait de s'échapper et, c'était précisément celle-ci qui l'avait propulsée immédiatement vers une gloire à l'air confiné. La célébrité qui semblait élever les existences vers des cimes conduisait surtout à réduire le champ de vision, allonger les angles morts et rendre vulnérable. Elle avait été d'autant plus sensible aux premiers frémissements de claustrophobie : le souvenir de la guerre qui l'avait bouclée, distillait des émotions semblables lorsqu'elle se savait scrutée. Jamais elle ne se plaindrait : ç'aurait été souiller sa chance, ou croire naïvement qu'une chance n'a pas de rugosité. Sa seule causticité publique avait été de s'étonner devant des journalistes que le moindre de ses éternuements se trouve consigné dans de si nombreux magazines. Elle avait donc choisi la Suisse, comme résidence – pour ne pas connaître l'enfermement de qui se sent épié. Et la Suisse, aussi, parce que la guerre n'y avait pas de droit. Car elle ne la laissait pas en paix. Comme si Edda se vengeait qu'Audrey ait tenté de l'effacer. En incarnant sœur Luc, dans *Au risque de se perdre*, elle avait voulu témoigner des leurres de toute neutralité dans l'Europe sous le joug nazi, cette certitude qui dicte à la religieuse de retourner au monde pour se fondre dans la résistance et la clandestinité, et d'inventer sa résurrection. Et quand les critiques louaient son rôle dans *Guerre et paix* et sa retenue qui refusait la surenchère de l'épique et rendait la fragilité des êtres, elle restait interdite. Qu'y avait-il d'autre à offrir ? Elle n'avait que la fragilité pour rendre compte du monde et de ceux qui étaient pris dans ses nasses. Et ces passages du

Journal d'Anne Frank, qu'elle avait appris par cœur :

> « Mercredi 23 février 1944
>
> Nous avons regardé tous les deux le bleu magnifique du ciel, le marronnier dénudé aux branches duquel scintillaient de petites gouttes, les mouettes et d'autres oiseaux, qui semblaient d'argent dans le soleil et tout cela nous émouvait et nous saisissait tous deux à tel point que nous ne pouvions plus parler. [...]
>
> Aussi longtemps que ceci dure, pensai-je, et que je puis en profiter, ces rayons de soleil, ce ciel sans aucun nuage, il m'est impossible d'être triste. [...] Aussi longtemps que ceci existera, et c'est sans doute pour toujours, je sais que, dans n'importe quelle circonstance, il y aura aussi une consolation pour chaque chagrin. »

Pour justifier son refus d'interpréter Anne Frank lorsqu'on lui avait offert le rôle, elle avait déclaré ne pas pouvoir profiter d'une sainte. Tout cela lui était trop proche, répétait-elle. Elle avait été trop ébranlée par le *Journal*, avait-elle expliqué à Otto Frank et Fritzi, sa seconde épouse, lorsqu'elle les avait invités dans sa maison de Bürgenstock. Et elle ne pouvait risquer de surimposer à Anne son image dans l'esprit de certains, lui voler ses traits, son âme. La proximité puis l'asymétrie entre leurs vies étaient insupportables. Il lui semblait avoir grandi ou vieilli en étant le miroir de celle qui était née trente-huit jours après elle, qui avait vécu à quelques kilomètres d'elle et était morte au loin – toutes deux reflétaient l'arbitraire de la vie, et de ses crocs.

Anne, elle aussi, voulait danser, puis il y avait cette citation de son *Journal*, que les recensions avaient tant reprise : « J'aimerais ressembler toujours à cette photo. Alors, j'aurais peut-être la chance d'aller à Hollywood. »

Toutes ces phrases qui se referment sur vous, ces prédictions qui semblent, avec le recul, de sinistres lucidités. Anne ressemblerait toujours à cette photo.

La guerre, tous ceux pour lesquels elle n'avait rien pu faire. Cette fébrilité glaçante, l'impuissance et l'inconsolable.

Cette petite fille, en gare d'Arnhem, au manteau rose, qui allait être emportée. Le regard de cette enfant, poussée dans un wagon, qui ne l'avait pas quittée des yeux, elle, restée sur le quai. Qui ne l'avait pas quittée des yeux.

Une enfant regardait une enfant.

Une vivante regardait une morte, et en elle tant d'autres.

Audrey aurait pu n'être qu'une brève apparition, sans trace. Quasiment emportée à six semaines lorsque sa respiration s'était arrêtée.

Trompant à Arnhem la surveillance de soldats qui venaient de l'arrêter et allaient la conduire avec d'autres jeunes femmes pour être cantinières des troupes et les mener vers un endroit incertain, probablement un bordel de l'armée.

Sous les obus qui pilonnaient la ville, tout l'automne et l'hiver 1944-45. Puis Arnhem vidée en vingt-quatre heures et rasée par les nazis, les dix kilomètres jusqu'à Velp et la maison de ses grands-parents, la route sur laquelle les gens tombaient sans se relever.

Et cet œdème qui lui montait au cœur.

Sur les images de tout ce qui aurait pu la faucher, se surimprimaient celles de sauvetages inexpliqués

– la mère qui avait frappé encore et encore le nourrisson devenu violet, ce garde qui avait regardé ailleurs, ce refuge chez son grand-père à Velp, et les vivres inespérés obtenus par des résistants qu'il avait protégés, trouvés un matin sur la table, alors que le sommeil ne parvenait plus à tromper la faim qui abrégeait même les nuits.

Ces années de guerre étaient un contrepoids à tout, ou presque. Le souvenir de la douleur si vive qu'il détecte l'inessentiel et semble le mater, le détachement qui survient par la mémoire du gouffre. Elle savait que ces choses l'avaient emportée. Et la part morte d'elle, regardait la vivante. La vivante n'était pas certaine de tout comprendre à sa chance.

Souvent elle avait fait ces demi-pas de côté, cette esquive des coups, même sous la forme de louanges cette façon de brouiller les pistes. Tels étaient les stratagèmes d'une survivante lorsque, celle-ci se confronte à une seconde existence. Interdite devant une nouvelle chance et déterminée à en être digne ; comme si elle avait appris d'une existence précédente qu'on ne gâche pas ses présents. En conséquence, la gratitude était son seul véritable don – quelque chose qui déjouait le réel et le remerciait. C'est pour cela qu'elle avait aimé Sabrina et avait mis à l'incarner la même dévotion que celle avec laquelle elle dévorait des contes de fées. La fille du chauffeur amoureuse de l'héritier peu cérébré d'une lignée de millionnaires se morfond puis se métamorphose et retourne en reine dans la société de Long Island dont elle vivait en lisière, invisible.

— Tu crois encore que tu vas décrocher la lune, Sabrina.

— Non, père, c'est la lune qui me décrochera.

C'est Sabrina qui avait aussi, en un instant, transformé le fauteuil de ce baron d'industrie en tourniquet, et réduit sa salle de réunion à un manège. Car tout cela était absurde, grandiloquent, et il fallait le détourner en son contraire. Une célébration de l'absurde qui lui rappelait le champagne chaud, acheté dans une épicerie au retour de la cérémonie des Oscars, sans trop savoir que faire de la bouteille tiède, ni de ce couronnement si précoce.

Pendant la guerre, sa mère lui avait acheté des chaussures de cuir, deux pointures trop grandes – afin qu'elle ait de la place pour y grandir. Elle ne les avait jamais remplies. Dans l'espace qu'elle n'occuperait pas, elle avait glissé les boulettes des messages de la Résistance qu'elle passait, à vélo, sans jamais éveiller la méfiance des occupants nazis.

Et l'image de ses chaussures trop grandes lui revenait souvent en mémoire, bien plus réelle que les couvertures de magazine, les hommages et même l'Oscar. Le soir de la cérémonie, elle avait dû abréger ses saluts sur la scène d'*Ondine*, et avait gardé son maquillage de scène pour courir au New Century Theatre transformé pour l'événement en un studio de télévision. Elle était parvenue à son siège peu avant la proclamation des résultats dans la catégorie de meilleure actrice : en une mise en scène absurde, Gary Cooper, en habit de cowboy, posté devant des troupes de soldats en demi-cercle et une église au loin flanquée d'un palmier, avait lu la liste des nominées en duplex du Mexique dans les décors où il tournait *Vera Cruz :* « Leslie Caron dans *Lili*, Ava Gardner dans *Mogambo*, Deborah Kerr dans *Tant qu'il y aura des hommes*, Audrey Hepburn dans *Vacances romaines*, Maggie McNamara dans *La Lune était bleue*. Et l'Oscar est décerné à… » Il avait laissé la parole à Donald O'Connor à Los Angeles qui avait badiné avant d'annoncer :

— À New York, Miss Audrey Hepburn pour *Vacances romaines*.

Frederic March l'attendait sur scène, avec la récompense. Elle avait monté les quelques marches pour le rejoindre et était partie, une fraction de seconde vers les fleurs, du mauvais côté.

— Mais c'est trop.

Cette phrase pâle pour accepter le prix trahissait ce qu'elle ne cessait ou cesserait de penser.

— Je… je voudrais dire merci à tous ceux qui, tout au long de ces derniers mois et années, m'ont aidée, guidée et donné tant. Je suis véritablement, véritablement reconnaissante. Et terriblement heureuse.

Elle n'avait pas donné de nom – elle devait tout à tous. Il lui faudrait prouver qu'elle méritait sa fortune, ou faire en sorte que l'erreur ne gêne pas celui qui l'avait commise en sa faveur. Ne pas embarrasser ceux qui lui avaient fait confiance.

Ni prendre trop de place. Ni risquer d'oublier quelqu'un.

Rien n'avait changé, ni ne changerait : les compliments lui donnaient envie de se cacher, ou de les casser comme un trop gros billet inutilisable, pour l'avoir en petites coupures et les distribuer à l'entour, les jeter par brassées loin de soi. De tous ces hommages, elle ne croyait rien ou si peu, mais en demeurerait à jamais reconnaissante.

— Mon deuxième film montrera si je méritais la chance qui m'a été offerte avec le premier.

Et le troisième et le dixième.

Son père avait remarqué combien les journaux avaient d'abord été bienveillants et il semblait en être satisfait, comme s'il l'avait personnellement protégée des écrits rapaces. Elle ne le détrompait pas mais, dès le lendemain, certains avaient une mise en garde à son intention : « Mademoiselle Hepburn est confrontée à un véritable choix : être une star ou en devenir véritablement une. »

Trois jours plus tard, au Plaza Hotel, le 28 mars 1954, elle recevrait un Tony Award pour *Ondine*.

Qu'ils se rassurent, elle n'était rien que ce devenir. Elle avait sur eux la seule supériorité des anxieux – toutes leurs critiques ne seraient jamais aussi perçantes que celles qu'elle portait contre elle. Elle avait appris à danser et n'avait pu devenir une étoile ; elle n'avait pas appris à jouer et avait été acclamée. Elle conserverait ce complexe d'illégitimité. On l'avait décrite véritable nymphe dans la pièce de Giraudoux, capable d'élever son jeu aux plus fines nuances, et de sembler flotter – elle corrigeait : elle n'avait fait que créer une illusion d'optique, en empruntant des techniques de ballet pour se mouvoir sur scène. Deux ans auparavant, elle avait tant peiné à projeter sa voix dans *Gigi*, tant travaillé, que le texte lui semblait l'écraser. La presse s'était émue et amusée de l'angoisse que la gamine n'avait pu retenir, en voyant les lettres de son nom s'élever sur Broadway : « Mon Dieu, et dire qu'il faut que j'apprenne à jouer. » Même si la danse l'avait rejetée, elle lui avait à jamais inculqué le prix de la technique. Sans cela, une figure élégante était au mieux un hasard heureux. On attire mieux la chance avec du travail, lui disait Sonia Gaskell. Face au sentiment d'avoir reçu le moindre présent, la surprise des bienfaits et le souhait de les mériter, elle n'avait trouvé que le travail pour réponse – et pour faire durer l'instant de grâce.

Le succès ressemblait à ces planches contact mal développées, avec des traînées blanches, lorsque le geste pour les sortir du bain dans la chambre noire n'avait pas été assez sec ou rapide. Le plus grand risque était là, que l'esprit se mette à baver, oublier les angles morts, par des amnésies dangereuses et le sentiment d'un dû. À seize ans, elle dansait à l'insu des nazis pour collecter de l'argent destiné à la Résistance. Elle déclarerait parfois : « Le meilleur public que j'aie jamais eu n'a pas émis le moindre son à la fin de ma représentation. » Depuis lors, les applaudissements lui parvenaient brouillés, ils grésillaient au lieu de retentir. Survenait une brève chute de tension. Peut-être parce qu'ils lui semblaient, comme les compliments, la faire rapetisser. Une pression sur tout le corps aussi forte qu'un jet d'eau qui s'écrase sur un mur, et provoque presque un effondrement. Elle ne comprenait pas ce que les louanges avaient d'attirant et pourquoi ils étaient si nombreux à se précipiter dans des attitudes grotesques, dans une marche de pingouins et un concert de roucoulements.

— Je déteste les femmes qui gloussent tout le temps, disait Sabrina.

Elle aussi.

Bientôt, elle trouverait quelles boules de papier glisser dans cette célébrité démesurée, impossible à faire complètement sienne. Quels nouveaux messages faire passer. Au lendemain des Oscars, elle avait prêté sa voix à quelques textes radiophoniques pour les Nations unies, des nouvelles qui racontaient les vies d'enfants déchirées par la guerre. Servir enfin de témoin à ce qu'avaient laissé ces années de guerre, s'en rendre utile, un jour, sous d'autres cieux.

Une fois le café servi, son mari avait avancé le prétexte d'un rendez-vous chez un antiquaire, afin de les laisser seuls. Et avait pris congé.

Elle avait entendu : « À bientôt, j'ai été ravi », et une promesse de venir voir leur fils ; elle les avait regardés se serrer la main, avait pensé à des poupées mécaniques brièvement douées de sentiments.

Sa mère lui avait toujours parlé des dons de cavalier de Joseph, et sa description amenait sa fille vers une sorte de terrain neutre. Elle n'ajoutait pas de ressentiment à la douleur. Parfois sa mémoire hésitait. Était-ce vraiment ce que sa mère lui avait dit ou s'était-elle défaite d'autres insinuations car la haine lui avait semblé un fardeau trop lourd à porter ?

Sur les chevaux et sur tant d'autres choses, tout au long du déjeuner, il lui avait retourné les questions comme on rend des invitations. Lorsqu'elle lui avait demandé s'il avait vu le western d'Henry Fonda, elle n'avait pu interpréter son hochement de tête. Elle lui avait raconté pour part l'épreuve du tournage du *Vent de la plaine*, à l'automne 1959. Jetée à terre, enceinte, quelques côtes cassées, elle avait fait une fausse couche :

— Monter sur un étalon ? Mais enfin. Comment penser qu'il ne tente pas de desceller sa cavalière. Je suis étonnée qu'ils t'aient laissée…

Elle avait senti ses poings se serrer et refoulé ses pensées – c'était sur le cheval et pas sur l'enfant perdu qu'il s'attarderait. L'indignation était-elle sa protection, lui était-il passé par l'esprit que, s'il lui avait appris à monter à cheval, sa fille n'aurait pas été jetée à terre ? Mais il avait préféré mener des vies dont elle n'était pas. Et s'était-il une seconde, par son indignation contre les studios, donné ainsi l'illusion d'être un bon père ? Elle avait toujours eu un instant d'étonnement face aux prodigueurs de conseils tardifs dans lesquels ils glissaient des formes de réprimandes, des coups de règles sur une table après une fausse réponse. Elle avait poursuivi d'une voix neutre. Si elle avait été meilleure cavalière, peut-être…

Avait-elle vraiment entendu :

— Tu sais que c'est à ce moment que j'ai commencé à correspondre avec ton mari ?

Elle s'était tue. Elle était immanquablement punie de ses colères : serait-ce donc ainsi, en père inquiet, qu'il avait retrouvé un chemin vers sa fille ? À l'époque, Mel lui avait dit avoir retrouvé la trace de Joseph et elle ne l'avait pas pressé de questions. Elle avait perdu son enfant, son père réapparaissait. Le monde s'inversait. Plus rien n'avait de sens, et elle ne cessait d'allumer des cigarettes pour que tout parte en fumée. Elle ne pouvait accepter aucun rôle lorsqu'elle était cernée de trop d'émotions, elle avait décidé n'être pas assez bonne actrice pour cela ; alors elle avait pris quelques mois de repos loin des studios, avait renoncé à un film d'Alfred Hitchcock et à être dirigée par Laurence Olivier. Ce calme avait peut-être fait son œuvre, et son fils Sean était né.

Elle regardait la trame de coton de la nappe ; relevant les yeux, elle avait vu que Joseph souriait presque. Et soudain, elle était en paix – cette sensation de blancheur qu'elle avait connue après des deuils : la peine est épuisée, il ne reste qu'à accepter.

Ce père lui avait offert ce que personne ne pouvait soupçonner. Faire la paix avec les aînés. Refuser leur exemple – de toutes ses forces, et sans haine. Sans les rejeter.

Dès l'instant où sa biographie serait connue, Joseph servirait sans doute d'explication à ses romances peu inspirées, ses choix dictés par la peur de l'abandon, pour ce qu'elle tolérait, ce qui la minait, l'émaciait, l'élevait. Certains réduiraient le choix de ses rôles à sa faille. Ses partenaires et l'objet de ses affections étaient ses aînés de dizaines d'années. Dans *Sabrina*, David Larrabee-William Holden, papillon mondain et juvénile était finalement écarté pour son aîné taciturne, Linus-Humphrey Bogart, capitaine d'industrie, complet et attaché-case, de l'eau glacée dans les veines, et dont le visage impassible ressemblait à celui d'un joueur de poker devenu victime de son propre bluff, qui se serait lui-même détroussé de sa vie. Dans *Drôle de frimousse*, Fred Astaire dansait le rôle de Dick Avery, photographe acclamé, complice des faux-semblants de la mode que la petite Jo méprise et utilise, avant de fausser compagnie au véritable illusionniste, le philosophe libidineux qu'elle adulait et de retrouver Dick. Dans *Ariane*, elle séduisait Gary Cooper-Frank Flannagan, l'homme d'affaires américain qu'elle avait peu avant sauvé en le prévenant de la venue d'un époux trompé, pressé de révolvériser l'amant. C'est parce qu'il ne voulait pas de ces scenarii aux idylles de vieux beaux et de jouvence de synthèse que Cary Grant avait déjà refusé *Sabrina* et *Ariane*, et n'avait accepté *Charade*, à cinquante-neuf ans, qu'à la condition d'être poursuivi, lui, par les assiduités de cette jeune femme, de vingt-six ans sa cadette. Certes il y avait eu Gregory Peck et *Vacances romaines*, George Peppard et *Diamants sur canapé*, plus juvéniles mais les esprits chagrins les reléguaient à une combinaison aléatoire ou les passaient sous silence. *Au risque de se perdre* aurait aussi pu défaire les sentences sans appel. Un père accompagne sa fille aux portes de son noviciat et c'est elle qui le laisse aux portes d'une vie dont il ne sera pas.

Les fiches signalétiques des personnages qu'Audrey avait interprétés ne portaient pas toutes la même mention : quête du père. En réalité, dans chacun de ses rôles, elle montrait à des hommes riches, séducteurs, et surtout blasés, qu'ils avaient tout vu mais ne savaient plus voir. Elle n'était pas un démon de midi, mais une façon de les faire tomber amoureux de leur propre existence, à nouveau, en même temps que de ce lutin qu'elle était. Elle n'enchantait pas, elle réenchantait parce qu'elle s'y était, elle aussi, contrainte, parce qu'elle était venue après les vies cassées, parce que son regard en savait long et implorait de faire semblant, sans se mentir. Elle était complètement vulnérable, le resterait et n'en serait pas victime – la guerre, surtout, lui avait montré cette fragilité autant, et sans doute plus qu'un père absent. Car les allégations d'absence masculine, de substitut dans ses films, insultaient son grand-père, qui l'avait recueillie avec sa mère et avait déjoué la guerre pour elle ; auprès de lui, elle aussi avait eu une figure à adorer.

Elle avait gardé une photographie, prise au Surinam juste avant sa naissance, lorsque le baron van Heemstra en était gouverneur : dans son uniforme blanc, au col, épaules et manches rehaussés de fils dorés, sur un chemin de terre bordé de palmiers, il est tourné vers son épouse aux cheveux tirés en chignon, ruban de velours au cou et robe à mimollet, aux mains croisées devant elle pour retenir un chapeau, et tous deux se regardent avec la même complicité calme et presque amusée. Elle lisait ce qu'ils se disaient dans cette expression : c'était donc cela, c'est ce que nous sommes devenus ensemble – cette pensée qui parcourt muettement les chemins accomplis tandis que le temps se fige, lors des séances de pose. Sur leur photographie de mariage, vingt-cinq ans auparavant, ils scrutaient chacun une direction différente et hors champ. Ils n'étaient pas si nombreux, ces couples qui étaient parvenus à ce que leur existence et leurs regards convergent. C'était leur victoire. Son grand-père lui avait toujours offert cette prestance, une stature auprès de laquelle la peur a l'air d'une chose rabougrie, inoffensive. Mais plus que tout, elle aimait sa bienveillance – la bonté qui dit de ne pas craindre la nuit. Au début de la guerre, il avait révisé ses positions pro-allemandes, refusé une offre des nazis de présider une association de charité et s'était emporté contre eux qui usaient de ce nom indûment et insultaient sans répit toute bienfaisance. La famille van Heemstra avait alors été expropriée de son château – mais rétablie dans sa véritable noblesse.

Par ses absences, au lieu d'avoir cantonné ses élans vers quelques êtres, comme tant ruminent leurs affections, son père l'avait poussée à chercher plus loin – elle regardait les gens, aimait voir le monde.

Petite fille, elle lui avait écrit des lettres chaque soir. En fermant les yeux l'été, la brise était devenue ses mains absentes qui s'agitaient pour la rafraîchir. Elle avait appris à occuper le vide et à s'y tenir droite : la danse lui avait martelé d'aller au-delà de la souffrance – et l'absence, à occuper sa peine. Elle avait la tristesse compliquée, compensée en recevant le monde comme un cadeau, en cherchant à se dilater à ses mesures. Petit à petit, ses lettres avaient cessé d'être écrites pour leur destinataire. Elles étaient comme un poème : une prière qui ne demande pas à être exaucée.

Il lui avait offert ce vide. Ne pas recevoir l'équivalent de ce que l'on donne, ne pas s'y attendre. Désirer sans souhait.

Au moment de le quitter, elle avait été saisie d'un soulagement. Non pas d'en avoir fini mais parce que cette séparation, enfin, ne lui rappellerait pas la précédente.

C'est elle qui l'avait pris dans ses bras, sans hâte. Ainsi elle l'abandonnait. Fin de partie. Elle le laissait à son impassibilité, ses traits et ses rôles inhabités – père, mari, savant – à tout ce qu'il n'avait pas su être, ou exprimer. À tout le vide qui tord et s'écrase au sol, comme un linge mouillé.

Elle l'avait accompagné quelques pas jusqu'à la porte de l'hôtel, embrassé une dernière fois, puis laissé s'éloigner. Sans savoir ce que son pas, sa cadence, décelait de ses pensées et sans être tentée de le chercher. Il ne lui avait rien demandé, il n'était pas homme de promesse, pas plus que de requêtes, et elle devinait juste ses pauvres moyens. En silence, elle s'assurerait qu'il ne manquerait de rien et lui verserait une pension. Elle lui avait promis de le revoir avec Fidelma, elle lui écrirait.

Le cœur est un muscle, avait-elle dit parfois : si l'on ne l'utilise pas, il s'atrophie. Elle avait un père, donc – au cœur dépéri.

Quelque chose la quittait aussi. Elle n'avait plus besoin de l'idée qu'elle puisse avoir besoin de lui. Ni même de la nostalgie de ce qui aurait pu être. Il serait le récipiendaire de lettres qui commenceraient par « Très cher Papa », ni très longues ni trop brèves.

Elle n'avait pas eu la force de patienter dans la chambre ; le risque de repriser ce qui s'était dit, de chercher d'autres souvenirs, les trappes où elle était tombée dans la conversation, s'effrayer des questions qui n'avaient pas été posées ou qui l'avaient mal été, les questions avec tant de fissures qu'il est possible d'y glisser.

Elle voulait retrouver Mel dès qu'il rentrerait à l'hôtel dont ils partiraient au plus vite.

Elle attendait celui qui avait retrouvé pour elle – ou pour eux – le chemin de son père, au moment même où leur vie à deux vacillait.

En rompant ses fiançailles avec James Hanson, en 1953, après une union reportée plusieurs fois avec le jeune millionnaire britannique, elle avait déclaré : « Quand je me marierai, je veux être très mariée. » Peu avant de prendre cette décision, elle avait pourtant commandé une robe de mariée en satin blanc chez les créatrices Sorelle Fontana – et fait des essayages pour le rassurer autant que pour se convaincre, avec un missel entre des mains gantées et le sentiment qu'il était trop tôt. Sur la photographie, elle tourne la tête vers la gauche, et son regard, d'une intensité sans joie, annule déjà les noces. En leur annonçant qu'il n'était plus nécessaire de lui envoyer la robe, elle avait chargé l'une des sœurs Fontana de trouver une jeune femme sans fortune et de lui faire présent de l'habit. Ainsi, à Latina, à soixante-dix kilomètres de Rome, Amabile Altobella avait épousé Adelino Solda dans la robe taillée pour Audrey ; pour fêter ce conte, la municipalité avait offert un voyage de noces à Paris à ce jeune travailleur agricole et son épouse. Audrey avait ainsi vérifié son théorème sur le magnétisme du bonheur – une chance en attirait d'autres. Elle les espérait heureux.

Et elle regardait les clients de l'hôtel dans le hall.

Sans doute tous deux n'étaient plus très mariés.

C'était dans une soirée londonienne pour *Vacances romaines* que son ami Gregory Peck lui avait demandé la permission de donner à Mel son numéro de téléphone.

Et elle se souvenait d'avoir été joyeuse en prenant l'appel et de trop vite s'être trahie : Je vous ai adoré dans *Lili.*

Elle s'était laissée envoûter. Dans le film, il était Paul, ce marionnettiste amer, ancien danseur fracassé par la guerre, méprisant les hommes, mais seulement ceux qui ne savaient qu'en être de méprisables versions, et ébranlé par une orpheline aux yeux bleus qui poursuivait un autre.

— Dans la vie, ce qui compte n'est pas qui on aime mais la façon dont on aime, jurait-il.

Lors de leur premier rendez-vous, il avait appuyé sur elle un regard qui ne fuyait pas, qui ne jouait pas.

Ses opinions étaient sûres. Il était diplômé de Princeton, elle regrettait de n'avoir pas connu de vie d'étudiante. Au cours de ses premiers mois à Hollywood, elle avait loué un appartement à Westwood, près du campus de la faculté de Los Angeles, se déplaçait à vélo en observant les jeunes gens de son âge et se sentait fluette auprès d'eux, qui apprenaient à décrypter les ressorts du monde, se perdraient dans des discussions où ils referaient le monde jusqu'à l'aube ; ce qu'elle savait, elle le récoltait uniquement par intuition ou par ses lectures désordonnées. Mel pourrait être son centre de gravité.

Mais *My Fair Lady* avait agi comme un révélateur : ses illusions l'épuisaient et auraient raison d'elle, si elle continuait de ne les regarder qu'à la dérobée.

Elle était trop légère et ne cessait de s'émacier. Cecil Beaton, créateur des costumes, avait insisté pour qu'elle porte des poids aux chevilles. Ainsi serait créée la gaucherie de sa démarche de vendeuse de violettes au début du film. Quelque chose se révoltait en elle : par ces traits grossiers, ses pas lestés, on faisait de la pauvreté une moquerie. Elle martèlerait qu'il s'agissait de son rôle le plus délicat tant les univers de ce film lui étaient étrangers et ce n'était pas de la pauvreté cockney d'Eliza qu'elle se défendait. Mais ses dénégations visaient surtout à parer les allusions inévitables à son couple où Mel avait fait d'Audrey son Pygmalion.

Mel était perdu entre son statut d'époux et son ressentiment de l'être. On l'approchait pour proposer des projets à sa femme et il était humilié. Elle tentait de le mettre en valeur et il y voyait de la condescendance. L'équanimité d'Audrey faisait ressortir les humeurs de Mel – il ne manquerait pas de l'accuser d'user de sa gentillesse pour le réduire plus encore à un intempérant.

Elle refusait d'abandonner ou de se laisser aller aux reproches mais les trahissait de frêleur croissante, d'yeux sans répit, d'un regard fatigué, d'un regard qui frappait ses proches par son anomalie quand il était vidé d'espoir. Au bonheur avait succédé la stupeur de comprendre que même ces joies n'étaient pas suffisantes. Et la photographie où ils s'étaient enveloppés dans le même manteau et dans le même immense sourire faisait le récit de ce qui vous file entre les doigts.

Elle ne se résignerait pas à réclamer certaines attentions, et s'exprimait par des silences et des allusions, persuadée que les véritables preuves d'amour étaient là, dans la capacité à entendre les pensées et d'agir pour les devancer : personne ne devrait avoir à formuler un désir. S'il lui fallait un jour demander un bouquet, les fleurs en arriveraient fanées. Elle préférait renoncer à ses prières inarticulées, mais ne pouvait le faire tout à fait. Elle se laissait blesser et se lassait de l'être. Elle gravitait vers les avis des autres et acceptait de penser que, malgré ses efforts, elle n'avait pas réussi à mettre son passé aussi loin d'elle qu'elle voulait le croire : elle avait trouvé l'antidote mais continuait de siroter son poison. Elle avait comblé le vide par le rêve d'un amour parfait : en avoir été privée lui faisait lui donner des dimensions infinies, déraisonnables. Elle croyait qu'il serait tout. Cet amour inconditionnel inventé se fracassait sur la réalité, et la brisait aussi. C'était le seul moment où elle la trouvait décevante. Et sans doute la réalité se vengeait-elle, d'être ainsi soudain mal aimée.

Rendre grâce, travailler – et laisser l'issue n'être qu'un présent. La vie l'avait comblée quand elle l'avait désirée, tout entière, sans objet – et sans condition.

Mel était finalement apparu. Elle était allée à sa rencontre dans le hall :

— On peut y aller. Tout est réglé.

Il avait posé sur elle un regard lent, un regard comme s'il déliait les syllabes d'une longue question.

Son sourire, à elle, avait été bref.

— J'ai porté le fantôme en terre.

Dans un avion blanc, à des milliers de pieds de hauteur, elle rentrait en Suisse, en zone neutre, où il n'y aurait jamais de guerre. Elle volait au-dessus de parcelles de terre comme de vieux tapis usés, et des milliers de mètres de vide. Au-dessus du vide.

Son mari avait pris quelques photographies.

Elle n'aurait pas besoin de voir ce qu'elles avaient saisi. Sur l'une d'elles Joseph est assis sur un fauteuil d'osier blanc, rayé de bleu. Le sol en damier noir et blanc. Elle porte une jupe noire, un chemisier blanc sans manche et s'est accroupie, presque à la hauteur de son père, un peu plus petite, peut-être.

Il a glissé un sourire plat et une distance entre eux. Il est incliné vers la gauche. Au creux de son bras, la main de sa fille est posée – et sa main sur la sienne, presque refermée.

Somalie, Baidoa, septembre 1992.

Le silence recouvre le camp. Les corps amoncelés sont emportés par un camion : le butin du jour. La brise vient la nuit. Et quand elle tombera, ils tomberont aussi, sans bruit, sur ce sable dont on ignore s'il n'est pas juste de la poudre d'os.

Son estomac est percé d'une douleur aiguë, comme si une lame biseautée la parcourait à l'intérieur : tout est acéré, surtout ces enfants tiges, ces squelettes qu'anime encore quel souffle ?

Les tentes vacillent, des tissus recouvrent des pans de bois mal plantés. Une petite fille, accoudée à l'un de ces piquets obliques, est incapable de répondre à aucun regard. Les survivants ne cherchent plus vos yeux, n'espèrent plus personne. Le monde s'éteint ici.

Elle prend dans ses bras ceux qui ne s'effriteront pas, pose ses paumes sur des poitrines qui font la taille de sa main – des enfants de cinq ans aux torses de nouveau-nés. Ces visions l'étoufferont toujours quand elle témoignera devant les caméras. La compassion fatigue, elle le sait, mais le monde ne cesse de vomir des restes humains. Des photographes l'accompagnent, des journalistes prennent des notes. Ils écriront des pages sur Audrey Hepburn, où ils accoleront des superlatifs de bonté qu'elle trouvera immérités mais elle les laissera faire, en rappelant, dès qu'elle le pourra, que les véritables héros travaillent dans l'ombre.

Pour la première fois, elle utilise son nom pour forcer le regard vers ces enfants sans parents et sans vie, ce monde vide, et pour tromper le cauchemar d'en être complice.

La voiture les attendait pour rejoindre l'aéroport.

Depuis quatre ans, ses voyages pour l'Unicef traçaient une carte des zones de conflits, dont les contours bavaient et se déplaçaient. En Somalie, tout résistait à ce qu'elle avait déclaré à son retour d'Éthiopie, trois ans auparavant : « Quiconque ne croit pas aux miracles n'est pas réaliste. »

Elle survolerait, comme à l'aller, de Nairobi à Kismaayo, les mêmes bandes d'une terre ocre sombre, fripée comme le fond d'un océan, semées de tombes, partout.

Elle n'avait fait que passer, qu'alerter, prendre des mains, devoir les lâcher.

Elle avait été plus que comblée dans sa vie, et pourtant, tout n'était qu'une variation d'abandons. L'appareil commençait à rouler, ses yeux s'étaient refermés. Et dans cet arrachement au sol, dans le long confinement du vol, des silhouettes pâles recommençaient à danser.

La grâce comble, mais elle ne peut entrer que là où il y a un vide pour la recevoir, et c'est elle qui fait ce vide.

Simone Weil, *La Pesanteur et la Grâce*.

Mise en page par Meta-systems
59100 Roubaix

CET OUVRAGE
A ÉTÉ ACHEVÉ D'IMPRIMER
SUR ROTO-PAGE
PAR L'IMPRIMERIE FLOCH
À MAYENNE EN FÉVRIER 2016

N° d'édition : L.01ELJN000727.A003. N° d'impression : 89322
Dépôt légal : janvier 2016
Imprimé en France